Einaudi. S

Dello stesso autore nel catalogo Einaudi

Sabbia nera

La logica della lampara

La Salita dei Saponari

Tre passi per un delitto (con G. De Cataldo e M. de Giovanni)

L'uomo del porto

Il talento del cappellano

La carrozza della Santa

Il Re del gelato

La banda dei carusi

Il Castagno dei cento cavalli

Delitto di benvenuto

Cristina Cassar Scalia

Mandorla amara

Einaudi

Pubblicato in accordo con Grandi & Associati, Milano

www.einaudi.it

ISBN 978-88-06-26030-9

Mandorla amara

alla mia famiglia

1.

Il faro di Capo Mulini, per buona parte dei catanesi dotati di mezzo nautico, era una sorta di confine. Una linea immaginaria, oltre la quale l'usuale uscita in mare del fine settimana guadagnava lo status di gita fuori porta. Conditio sine qua non perché lo sconfinamento avesse luogo era innanzitutto che l'altezza dell'onda, nel corso dell'intera giornata, non superasse i venti centimetri. Data l'esposizione della costa catanese, soggetta ai venti di grecale nonché alle bizze dello stretto di Messina poco distante, questa eventualità si verificava in un'esigua percentuale di casi. Secondo presupposto, altrettanto inderogabile ancorché essenziale ai fini del divertimento, era che tutti gli amici diportisti con i quali l'uscita veniva condivisa appoggiassero la scelta, abbandonando cosí la comfort zone delimitata dalla boa all'interno del porticciolo. La qual cosa, anche in presenza di calma piatta, non era affatto scontata.

L'avvocata Maria Giulia De Rosa, seppur catanese fino al midollo, era in assoluta controtendenza. Da giugno a ottobre, a meno che le condizioni marine non fossero smaccatamente avverse alla navigazione, non c'era fine settimana in cui la rotta del suo mezzo nautico non portasse lei e i suoi numerosi ospiti ben al di là della suddetta linea immaginaria. Taormina come minimo, se non oltre. Specie adesso che con un colpo di testa, suggerito da un'occasione imprevista quanto propizia, aveva venduto da un giorno all'altro il gommone bimotorizzato con cui aveva solcato i mari negli ultimi otto anni, e s'era buttata nell'impegnativa gestione di un motor yacht Cranchi di quarantatre piedi, cabinato, sul quale aveva vissuto ogni momento libero delle ultime tre settimane, scarrozzando gli amici e combattendo con le mille magagne tecniche che un arnese simile era in grado di procurare. La spesa piú folle e l'esperienza piú entusiasmante di tutto il 2017, che fino ad allora per Giuli era stato un anno da dimenticare.

Dopo la prima messa a punto, per l'avvocata era giunta l'ora di verificare in concreto quello che la nuova barca prometteva. Un lungo weekend alle Eolie, col mare calmo di inizio luglio, magari in compagnia di un equipaggio di amici scelti, era il modo migliore per inaugurarla con tutti i crismi. Tre o quattro giorni di bengodi isolano, organizzato in pieno stile Maria Giulia De Rosa, con tanto di aperitivi al tramonto e cene nei migliori ristoranti.

L'aveva detto e l'aveva fatto.

Il primo a comparire sul pontile del porticciolo turistico di Ognina, dove Giuli aveva temporaneamente rimediato un ormeggio di cortesia in un circolo nautico, in attesa di una sistemazione piú consona, fu Adriano Calí. Polo bianca, bermuda blu, scarpe da vela di camoscio beige. Borsone a righe bianche e blu in spalla.

– Un figurino pari, dottore, – lo accolse, sorridendogli mentre gli prendeva la borsa per aiutarlo a salire a bordo.

Adriano non cedette alla provocazione. Scarpe in mano, sorriso di rimando, le schioccò un bacio sulla guancia.

– Non so se notasti la scrupolosa puntualità –. Batté l'indice sull'orologio e si accomodò su un divanetto di poppa. – Le nove e un minuto. Come vossía comandò.

Giuli calò la testa. – Notai, notai. E apprezzai.

– Ora stiamo a vedere quando si presentano quei due, – replicò Adriano.

– Fidati, che oggi arrivano puntuali.

– Certo, Gaetano non starà nella pelle. Con la scusa che deve assolutamente assisterti nel rodaggio al timone di una barca grossa, è riuscito a trascinare anche Luce. Pur di farvi contenti, a tutti e due, quella mischina si sarà imbottita di Xamamina. Questa si chiama amicizia vera, bedda mia.

– Non c'è dubbio, – concordò Giuli.

Lei e Luce erano amiche dalla prima elementare. Tredici anni sedute nello stesso banco, avevano condiviso l'infanzia, l'adolescenza e buona parte dell'età adulta. Gaetano, il marito di Luce, era la persona piú competente in fatto di nautica che Giuli conoscesse. Ex proprietario di varie barche a motore, l'ultima delle quali di discrete dimensioni, aveva dovuto rassegnarsi – anche se non in via definitiva – a restare sulla terraferma dopo aver capito che per sua moglie era solo una sofferenza. Quando l'avvocata gli aveva chiesto un aiuto non se l'era fatto ripetere due volte. Il suo supporto in quelle settimane per Giuli era stato preziosissimo. Ma un conto era un'uscita in giornata e un conto era mollare sua moglie per quattro giorni. Se Luce non si fosse sacrificata, Giuli avrebbe dovuto rinunciare alla guida di Gaetano proprio nel momento in cui probabilmente ne avrebbe avuto piú bisogno. Aveva ragione Adriano: un'amica vera.

Cinque minuti piú tardi i coniugi comparvero, armati di bagagli che manco per una crociera di dieci giorni.

– E tutte 'ste masserizie ora dove le stiviamo? – commentò Giuli a bassa voce.

Adriano sghignazzò. – Idda parra! Te lo devo ricordare io come ti presentasti l'anno scorso in barca dagli Amoroso? La carriola ci siamo dovuti far prestare, Luca e io, per trasportare i bagagli che t'eri portata.

– Gioia: Francesco Amoroso ha uno yacht di ventidue metri. La barca mia, fuori tutto, è di quattordici scarsi e ci dobbiamo stare in quattro.

Sapeva lei la fatica che aveva fatto per ridurre all'essenziale il suo bagaglio. Un unico borsone, pieghevole per di piú.

Tra gavoni, angoli nascosti e armadietti riempiti all'inverosimile, mentre Gaetano e Giuli preparavano tecnicamente la partenza, con l'aiuto di Adriano la roba di Luce trovò un minimo di sistemazione.

Alle dieci meno un quarto mollarono gli ormeggi.

Il mare sembrava seguire esattamente le previsioni meteorologiche, che scongiuravano il pericolo di imbattersi subito dopo Taormina nella cosiddetta «canalata», ovvero nelle onde alte provocate dal vento che s'incanala tra le due sponde dello stretto di Messina. Circostanza che, a detta di Gaetano – ma Giuli lo sapeva bene per averlo sperimentato piú volte col gommone – si verificava la maggior parte delle volte.

Superata al largo la linea immaginaria di Capo Mulini, l'avvocata spinse un po' di piú sulla manetta e passò a una velocità di crociera di diciotto nodi. Attivò il pilota automatico e si mise comoda a controllare eventuali ostacoli. Tra reti di pescatori segnalate a malapena da un paio di bottiglie vuote di detersivo e boe mal posizionate da sub sconsiderati, bisognava tenere gli occhi aperti. Accese il Vhf.

– Sintonizzati sul canale 16, quello della Capitaneria di Porto, – disse Gaetano. – Meglio tenersi sempre aggiornati su quello che succede in mare.

– Ma che deve succedere, Tanino? Sotto costa siamo, – chiosò Luce, che tra cerotti dietro le orecchie e mare calmo stava affrontando la navigazione in tutta tranquillità.

– In ogni caso male non fa, – insisté Gaetano.

Giuli lo accontentò. Smanettò con la radiotrasmittente, che aveva usato solo una volta, quando aveva dovuto ormeggiare la barca dentro il porto di Catania.

Adriano emerse da sottocoperta. Il telefono in mano, la faccia scura. Giuli evitò di chiedergli cosa fosse successo. Un po' perché sapeva che l'amico non avrebbe gradito parlare dei fatti propri in presenza degli altri due e un po' perché, sebbene lui non ne fosse – né mai avrebbe dovuto esserne – consapevole, la responsabile dei suoi guai sentimentali era proprio lei.

– Ma bagno non ce ne dobbiamo fare fino alle Eolie? – insorse Luce, dalla sua postazione sul divanetto centrale di poppa: il punto dove il rollio s'avverte di meno, diceva suo marito. Anche se quella mattina il rollio neppure si percepiva.

– Certo. A Praiola, – la rassicurò Giuli, con l'aria di chi non ammette variazioni al programma.

Luce la guardò da sopra gli occhiali da sole.

– Praiola, – ripeté. – Non prima –. Con la mano sembrò indicare un punto preciso, perplessa per la risolutezza dell'avvocata.

Che risoluta rimase, anzi anche lei sottolineò con un gesto fermo della mano.

– Non prima.

Gaetano abbassò vistosamente la testa in segno di approvazione.

Adriano s'incuriosí.

– Perché proprio a Praiola?

– Perché è il primo tratto in cui si può ancorare sulla sabbia, dopo miglia di fondale roccioso dei piú infidi e anfrattuosi che esistano.

– Vero, – ricordò Adriano, – pure col gommone c'era lo stesso problema.

– Sí, solo che col gommone lo risolvevo gettando la *mazzera* al posto dell'ancora, con questa barca…

– Non mi pare il caso di affidarsi a simili mezzi di fortuna, – la anticipò Gaetano. A lui l'abitudine catanese di utilizzare come ancora quei pietroni fatti con il cemento e i secchi di plastica non era mai piaciuta. Ma concordava in pieno con Giuli. Ai bei tempi in cui navigava ancora, in quei fondali «infidi e anfrattuosi» si era incastrato almeno due volte. E in una delle due l'ancora era in un punto troppo profondo perché lui potesse tentare di calarsi e sbloccarla, cosí gli era toccato chiamare un sub per recuperarla.

Oltrepassarono La Timpa, Santa Maria La Scala, Santa Tecla, Stazzo, con relativo inchino alla villa di famiglia dei De Rosa abbarbicata sulla scogliera. Erano davanti al porticciolo di Pozzillo, pronti a fermarsi poco oltre, quando Gaetano tese l'orecchio.

– Zitti un attimo –. Alzò una mano e si protese verso la radio. Giuli aumentò il volume. La Capitaneria di Porto stava diramando un avviso a tutte le imbarcazioni presenti proprio nel tratto di mare in cui si trovavano loro. Riguardava uno yacht di nome *Almond*, che poteva essere in difficoltà nelle acque antistanti il litorale di Marina di Cottone.

Giuli e Gaetano si scambiarono un'occhiata.

– Che facciamo? – chiese Adriano, rivolto all'avvocata.

– In teoria dovremmo andare a vedere.

– Marina di Cottone non è vicinissima, ma sono d'accordo, – disse Gaetano.

Adriano annuí. Medico era, anche se esercitava la sua *ars* esaminando cadaveri in una sala settoria.

Luce sospirò, rassegnata.

Giuli s'allontanò dalla scogliera a picco di Praiola, davanti alla quale avrebbe dovuto ancorarsi. Appena fu abbastanza distante aumentò la velocità. In pochi minuti si lasciò dietro Torre Archirafi, il porto di Riposto e proseguí costeggiando la spiaggia. Subito dopo Fondachello rallentò. Marina di Cottone era là di fronte. Gaetano tirò fuori il binocolo che aveva nello zaino.

– C'è una barca grossa ferma al largo. Sembra un Sanlorenzo.

– Si legge il nome? – chiese Giuli.

– No, è di fianco. Però non vedo nessuno a bordo. E neppure in acqua, attorno alla barca.

– Avviciniamoci, – risolse Giuli.

Senza aumentare la velocità si diresse verso la barca indicata dall'amico. L'unica presente in quel tratto di mare.

Quando fu a poca distanza mise i motori al minimo.

– *Almond*, – confermò Gaetano, sogghignando. – Mizzica che occhio ho: un Sanlorenzo proprio è. Se non erro... un settantotto.

Lo yacht sembrava deserto.

Adriano si sporse dalla murata piú vicina. – Ha i motori accesi, – comunicò.

Giuli suonò la tromba.

– Vediamo se esce qualcuno.

Attesero qualche minuto.

– Niente, non c'è traccia di essere umano.

Lentamente Giuli avanzò ancora.

Gaetano andò a prua.

– Ehi! *Almond*, tutto bene? – gridò.

Si voltò indietro, aprí le braccia scuotendo la testa. Le fece segno di suonare di nuovo la tromba.

Giuli eseguí. Ancora una volta senza risultato.

Adriano s'era fatto serio.

– Non mi piace, – disse.

Giuli si voltò verso di lui, sorniona.

– Chi pratica lo zoppo impara a zoppicare. Non è che a forza di spartirti il sonno con la nostra amica vicequestore sviluppasti il fiuto poliziesco?

Adriano la guardò storto.

– Ma che fiuto poliziesco e fiuto poliziesco. Casomai fiuto da medico. Metti che qualcuno sta male?

Giuli tornò seria. – E che vuoi fare, salire a bordo?

Nel frattempo Gaetano era tornato a poppa.

– Secondo me è l'unica cosa da fare. Nell'attesa che arrivi la Capitaneria, che per aver diramato quell'avviso avrà avuto il sentore che qualcosa non andava.

Luce si agitò.

– E se c'è gente malintenzionata?

– Ma chi vuoi che ci sia? Al massimo qualcuno in difficoltà.

S'avvicinò un gommone con due uomini, a occhio padre e figlio, e una donna.

– Avete sentito l'avviso della Capitaneria? – chiese il piú adulto, che conduceva.

– Sí. Si direbbe che a bordo non ci sia nessuno, – rispose Gaetano.

– E non le pare strano? La barca non è ancorata e ha i motori accesi… – commentò l'uomo.

– Sembra proprio… alla deriva, – osservò Giuli.

– Ci stavamo giusto chiedendo se non fosse il caso di salire. Il nostro amico è un medico –. Gaetano indicò Calí, che fece un cenno di saluto.

L'uomo ricambiò. – Se volete, noi siamo a disposizione. Mi chiamo Fulvio Schinà, e lui è mio figlio Fabio. Mia moglie Laura –. La donna seduta a prua accennò a sua volta un saluto.

Luce insorse di nuovo.

– Ma non è meglio aspettare la Capitaneria?

Adriano scosse il capo.

– Se qualcuno sta male potrebbe essere importante non perdere tempo.

– Non sappiamo nemmeno di chi è, 'sto yacht. Magari è rubato, – insisté Luce.

Schinà la interruppe.

– Di chi è l'*Almond* lo so io. Ogni tanto, di passaggio, è stato ormeggiato nel porto di Riposto, dove tengo il gommone. Appartiene a Edoardo Lavinaio.

– Quello del latte di mandorla? – chiese Giuli.

– Latte di mandorla, dolci… lui.

Un magnate delle mandorle. Uno che partendo da un mandorleto di famiglia aveva creato un impero.

– Uno yacht del genere avrà un equipaggio di almeno tre persone. Possibile che nessuno esca, sentendo una tromba? – commentò Gaetano.

Giuli avvicinò ancora di piú la barca, cautamente. Il gommone si mise di lato.

– Dall'acqua non possiamo salire, perché la scaletta non mi pare che sia a mare, – ragionò Gaetano.

– Saltate da qui, – propose Schinà, – è piú facile per me accostarmi e abbordarlo.

Adriano e Gaetano accettarono. Passarono sul gommone. La signora Laura, d'improvviso operativa, si mise alla guida. Appena la prua di Schinà toccò la spiaggetta di poppa dello yacht i quattro uomini, uno alla volta, saltarono giú.

Salirono su per i gradini e raggiunsero la vetrata oscurata dalla quale si accedeva all'interno. Era semiaperta.

Gaetano bussò.

– C'è nessuno?

Adriano allargò l'apertura ed entrò, seguito dagli altri tre. Si ritrovarono in un salone, arredato con l'eleganza che si addiceva a una barca simile. Divani, un tavolo da pranzo, un maxischermo alla parete. Piú avanti un angolo con divanetti e una cucina, e la postazione di guida interna. Il tempo di adattarsi alla lieve penombra del saloncino, e l'attenzione di Adriano fu catturata dall'immagine che aveva temuto di ritrovarsi davanti.

– Madre santa, – fece Schinà.

Un uomo era disteso sul pavimento, davanti a una scala che portava al piano superiore.

Adriano si precipitò su di lui. Gli occhi spalancati, il collo inarcato all'indietro. La mano stretta attorno al telefono. Non poteva avere piú di quarant'anni.

– È morto, – constatò Adriano. Istintivamente

guardò in cima ai gradini e vide che il portellone era aperto.

Gli Schinà e Gaetano impallidirono.

– Minchia... – si lasciò sfuggire il ragazzo, indietreggiando come per allontanarsi il piú possibile.

Adriano mantenne i nervi saldi che la sua professione richiedeva e avanzò verso la postazione di guida. Con passo malfermo, Gaetano e Schinà lo seguirono, mentre il ragazzo continuava a fissare annichilito l'uomo riverso sul pavimento.

– Oh Madonna mia, – esclamò Gaetano. – Madonna mia, Madonna mia!

Altri quattro uomini, uno raggomitolato sul divanetto d'angolo, due per terra davanti al frigorifero, uno appeso alla maniglia della porta d'uscita semiaperta nel camminamento laterale. Ai piedi della postazione di guida, la radio ancora in mano, giaceva quello che doveva essere stato il comandante dell'*Almond*. Tutti irrimediabilmente deceduti. Adriano si avvicinò, schivando qualche chiazza di vomito. In quella zona c'era piú luce. Notò che il colorito dei cadaveri era cianotico.

– Spalancate le vetrate, aprite gli oblò. Facciamo entrare quanta piú aria possibile, – ordinò. Il rischio che si trattasse di un avvelenamento da monossido di carbonio lo atterrí. Anche se, tra la vetrata aperta dietro, la porta laterale e l'apertura in alto, un movimento d'aria c'era.

Tremando, il ragazzo eseguí. Gaetano e Schinà fecero appello a tutte le loro forze e con Adriano raggiunsero il deck superiore, dove un uomo piú anziano era disteso per terra. Il braccio proteso, la posizione scomposta. Gli occhi disperatamente aperti, ma privi di vita.

– Madre santissima, ma questo Edoardo Lavinaio è! – fece Schinà, le mani sulle guance, piú pallido di prima.

Alla luce esterna, per Adriano fu ancora piú facile osservare il colorito cianotico, le labbra color rosso scuro.

– Avvelenamento, – sentenziò.

2.

Il telefono squillò nel momento meno opportuno. In bilico su una scala, intenta a sostituire la lampadina senza la quale l'intera cucina della casa di Castelbuono sarebbe rimasta al buio, il vicequestore aggiunto Giovanna Guarrasi iniziò a santiare.

– Una mattinata sana muto, vedi tu se deve andare a squillare proprio ora.

Lentamente, con la cautela di chi non è avvezzo a quel tipo di attività – e soprattutto è privo di qualunque preparazione atletica – scese giú piolo dopo piolo, lasciando la lampadina sulla parte superiore della scala. L'iPhone appoggiato sul tavolo aveva già smesso di squillare. Sullo schermo, occupato dalla fotografia dell'Addaura, una notifica indicava che la chiamata persa proveniva da Adriano Calí.

– Toh, il grande medico legale, – commentò Vanina tra sé e sé, combattuta tra il piacere di sentire il suo migliore amico e la delusione che non si trattasse invece di un componente della sua squadra. Un bel caso, magari un po' rognoso, le avrebbe fornito la scusa perfetta per interrompere quella malaugurata settimana di ferie e tornarsene a Catania dritta filata.

Andò nel soggiorno e si sedette sul divano a pois, di cui mal tollerava la sola vista e che aveva deciso di eliminare quanto prima. Si accese una Gauloises e richiamò.

– Ma vero è che lontano dagli occhi lontano dal cuore, ah! Tre giorni sono che non ti fai sentire, – esordí.

Dalla voce grave con cui l'amico la salutò Vanina capí che doveva essere successo qualcosa. Cambiò registro.

– Adri, tutto bene?

– Io personalmente cosí cosí. Luca... Vabbe', ma non è di questo che volevo parlarti. Credo ci sia lavoro per te.

Vanina drizzò le antenne. – Dimmi.

Adriano prese un respiro.

– A bordo di uno yacht che abbiamo incrociato con la barca di Giuli ci sono sette persone morte. Tutte presumibilmente nello stesso modo.

Vanina rimase con la sigaretta a mezz'aria.

– Morte di morte naturale o ammazzate?

– A occhio sembrerebbe avvelenamento. Al novantanove per cento da cianuro.

Si tirò su dal divano, stupita.

– Cianuro?

Mai le era capitato di occuparsi di un omicidio causato dal cianuro.

– Lo so, pare strano anche a me, ma probabilmente è cosí. Sul principio ebbi il dubbio che fosse monossido di carbonio, ma c'era troppo sbintuliamento d'aria. Senza contare che uno dei cadaveri si trovava all'aperto, sul deck superiore, il che esclude l'ipotesi.

– A chi appartiene lo yacht lo sappiamo?

– Sí, una persona che era con noi lo ha riconosciuto. È la barca di Edoardo Lavinaio, l'imprenditore delle mandorle. L'uomo morto sul deck superiore era proprio lui.

Vanina ragionò un attimo.

– Che significa che avete «incrociato» lo yacht?

Adriano le spiegò per filo e per segno com'erano andate le cose, dall'avviso della Capitaneria di Porto all'abbordaggio con relativa scoperta dei cadaveri.

– La Capitaneria è intervenuta?

– Sono arrivati dieci minuti fa.

– Tu sei ancora a bordo?

– Sí. Il comandante della motovedetta sta disponendo il trasbordo dell'imbarcazione nel porto di Riposto.

– A Riposto. Quindi avranno chiamato i carabinieri, – considerò Vanina. Quella zona in genere era appannaggio loro.

– No. Gli detto che ci avrei pensato io. E io, ovviamente, chi potevo chiamare? – Fece una pausa, serio. – Vani, ascoltami: ho la netta impressione che si tratti di una situazione complicata assai. Una di quelle faccende che solo tu saresti capace di sbrogliare.

– Eh, ora! Solo io... Vedi che nell'arma ci sono teste fine assai, che potrebbero insegnarmi il mestiere, – precisò il vicequestore. E lei negli anni passati all'Antimafia ne aveva conosciuta piú di una.

– Lo so. Ma so anche che un'indagine come questa è pane per i tuoi denti. E che non vedresti l'ora di infilartici con tutte le scarpe. Soprattutto in questo momento, combinata come sei... Vero?

Colpita e affondata.

– E va bene, vero è, – ammise.

– Oh. Adesso che devo fare?

– Di' al comandante di chiamare l'ispettore Spanò. Ci penserà lui a organizzare la squadra, avvertire il pm, la Scientifica e compagnia cantante.

– Allora ci azzeccai, – fece Adriano, soddisfatto.

– Ci azzeccasti su cosa?

– Sul nome da indicare a quelli della Capitaneria. Ispettore capo Carmelo Spanò, squadra Mobile di Catania, sezione Reati contro la persona.

Vanina scosse la testa.

– Cose da pazzi, tutto iddu fa. Mi dici che motivo c'era di chiamare a me?

– Volevo sincerarmi che non ti venisse per testa di restartene lí a rosolarti sulle Madonie lasciando il caso a qualcun altro. Sai com'è, ultimamente mi pari un poco 'mpicata con Palermo.

Vanina sorrise.

– Ma vedi tu a questo. 'Mpicata... Palermo è la mia città.

E nonostante la sofferenza che le provocava soggiornarci, la amava visceralmente.

– Va bene, è la tua città. Allora?

– Allora che?

– Vieni?

Vanina buttò fuori l'ultima boccata di fumo. – Ca certo che vengo.

– Ne ero sicuro. Io sono qua, t'aspetto.

– Vedi che da Castelbuono ci vorranno come minimo un paio d'ore, sempre che sulla Catania-Palermo non abbiano aperto l'ennesimo cantiere.

– Nel frattempo però arriverà la tua squadra.

– Capace che li trovi già a Riposto.

A occhio e croce, se lo conosceva bene, Spanò era schizzato fuori dall'ufficio di corsa e ora era sulla Catania-Messina, con Marta Bonazzoli alla guida che premeva l'acceleratore a tavoletta.

Adriano concordò.

– Intanto io vedo di farmi incaricare dell'autopsia dal magistrato di turno. Non dovrebbe essere un problema, perché è il dottore Terrasini.

Calí non aveva perso tempo, s'era perfino informato in procura. E che il pm fosse Terrasini era una gran bella notizia.

Vanina chiuse il telefono assai piú distesa rispetto a quando aveva risposto. Non vedeva l'ora di tornarsene nell'isola felice della sua vita catanese, di rivedere Adriano e di buttarsi «con tutte le scarpe» nel caso complicato che si profilava all'orizzonte. Era quello che le serviva, dopo giorni di momentaneo ritorno alle indagini sulla criminalità organizzata. Faceva bene a non cedere ai superiori che le chiedevano di tornare a occuparsi stabilmente di quello anche a Catania.

Si alzò e spense il mozzicone nel posacenere di ceramica decorato con gli stessi pois del divano.

– Questo scoppola via assieme ai parenti suoi, – si ripromise, occhieggiando divano e poltrona.

Le persone che avevano abitato la casa dei suoi nonni paterni negli anni in cui non apparteneva piú alla sua famiglia, per fortuna, non avevano apportato grandi modifiche. L'impianto generale dell'appartamento e la cucina erano quelli dei nonni Guarrasi. Perfino i bagni, sebbene obsoleti, non erano stati cambiati. Gli arredi, di cui Vanina vedeva solo quanto era rimasto, erano stati scelti con un gusto che faceva a pugni con il suo. Impossibile pensare di tenere qualcosa. La discarica le era parsa l'unica opzione sin dal giorno in cui, inaspettatamente, aveva ripreso possesso di quella casa in cui aveva lasciato il cuore da ragazzina e nella quale non sperava di poter rientrare. Il regalo piú bello che sua madre, insieme a quell'amorevole patrigno che era sempre stato Federico Calderaro, avrebbero potuto farle. Un pezzo di storia della sua vita che tornava al proprio posto.

Quando tre giorni prima aveva capito che a Palermo stava per rischiare il soffocamento, tanto era pesante l'aria intorno a lei, invece di fuggire a Catania come faceva di solito Vanina s'era rintanata lí. Certo, in quelle poche settimane, per renderla di nuovo abitabile era riuscita a fare il minimo indispensabile. Giusto ingaggiare una ditta di pulizie, comprare reti e materassi, riportare alla base il mobilio dei nonni – che da piú di vent'anni riposava in un deposito – e sbarazzarsi quantomeno degli oggetti personali che i vecchi proprietari avevano deciso di lasciare lí. Il resto richiedeva tempo, e lei di tempo ne aveva notoriamente poco. E quel poco doveva bastarle per tutte le questioni personali che da dieci mesi ormai avevano alterato in maniera irreversibile l'equilibrio faticosamente raggiunto in anni di sacrifici.

I tre giorni passati a Castelbuono però, un po' per l'emozione di ritrovarsi in quella casa, un po' per le incombenze che la nuova sistemazione implicava, si erano rivelati quasi terapeutici.

Lentamente come quando ne era discesa, Vanina risalí sulla scala. Si allungò verso il lampadario e sostituí la lampadina. Ridiscese piano piano, piegò la scala e andò a posarla nel ripostiglio dove l'aveva trovata. Raggiunse quella che una volta era la camera da letto dei nonni, dove erano stati rimontati il vecchio letto di legno scuro con i comodini abbinati e l'armadio, che sua madre aveva fatto restaurare senza dirle nulla. Tirò fuori il trolley e ci infilò i pochi vestiti che aveva portato con sé una settimana prima, quando era andata a Palermo convinta di rimanerci un paio di giorni, giusto il tempo di vedere il commissario Patanè e sua moglie ricoverata in ospedale. Invece s'era ritrovata incastrata. Dal lavoro, che di tanto in tanto la richiamava nella sua vecchia squadra. Da Paolo, che le stava infliggendo a una a una tutte le «torture» che riteneva di aver subito da lei quattro anni prima, quando l'aveva lasciato andandosene via, e nei dieci mesi di tira e molla dal momento in cui la loro storia era ricominciata. Nonostante la sofferenza che tutto ciò le provocava, in cuor suo Vanina faticava a dargli torto.

Controllò minuziosamente che le finestre fossero sprangate, si attardò nel balcone della cucina, che guardava in direzione della Matrice Vecchia. Chissà perché, il campanile di quella chiesa la ipnotizzava. Chiuse la manopola della bombola del gas, rimise a posto le pochissime stoviglie che aveva utilizzato, tirò fuori i sacchetti della spazzatura e li piazzò davanti alla porta d'ingresso. Quello dei rifiuti organici era pressoché vuoto. Residui di prime colazioni e basta. Incapace com'era di cucinare anche il minimo indispensabile, aveva mangiato sempre fuori a pranzo e a cena.

Trascinandosi il trolley percorse un pezzetto della via principale, attraversò la piazza e recuperò la Mini bianca che aveva abbandonato lí tre giorni prima. Si lasciò alle spalle il castello dei Ventimiglia e imboccò la strada che usciva dal paese.

Prese il telefono, che aveva agganciato il bluetooth dell'auto, e richiamò un numero che teneva tra i preferiti.

Manco due squilli dovette aspettare.

– Capo! Ero sicuro che mi avrebbe chiamato!

Carmelo Spanò pareva sinceramente felice di sentirla.

– Spanò, come sta? Che mi dice?

– E che le debbo dire, quello che sa già.

– È arrivato a Riposto?

– Sí, mezz'ora fa, con la Bonazzoli e il dottore Macchia.

– Addirittura il Grande Capo si mosse.

– Si trovava fuori assieme a Bonazzoli. Appena scoprí di che si trattava, non sapendo se lei sarebbe rientrata, per sí e per no decise di venire con noi.

– La barca è stata trasferita in porto?

– Sta entrando in questo momento. Bellissima è, dottoressa.

– Immagino.

Settantotto piedi piú o meno corrispondevano a venticinque metri.

– Il dottore Terrasini e quelli della Scientifica stanno venendo, – comunicò Spanò. – Il medico legale incaricato, manco a dirlo, è il dottore Calí stesso. Che per come mi parlò, sicunnu mia già si fece un'idea precisa della situazione.

– Chiamatemi quando siete a bordo.

Marianna Partanna in Calderaro, ex vedova Guarrasi, non fece una piega di fronte alla notizia che la figlia primogenita non sarebbe ripassata da Palermo prima di tornare nella sua città d'adozione, dove inspiegabilmente aveva piantato radici piú tenaci di quanto la madre si sarebbe mai aspettata.

– Gioia mia, – rispose laconica, – mi dispiace assai non averti potuta salutare come si deve, ma conoscendoti ti confesso che me l'aspettavo.

– Non era previsto, mamma.

– Certo, certo. E che pensi che non lo so? «Il morto ammazzato arriva quando meno te l'aspetti», – recitò.

Oramai Marianna ci era abituata. Una vita era, che aveva a che fare con la Polizia di Stato. Il nome del suo primo marito – l'ispettore Giovanni Guarrasi, votato alla lotta ai criminali fino a subirne le estreme conseguenze – era scolpito sul marmo di una lapide davanti al liceo di sua figlia. E alla fine, come se tanto dolore non fosse bastato, alla lotta ai criminali ci si era votata pure Vanina, buttandocisi anima e corpo quasi non avesse altro scopo nella vita che arrestare mafiosi. Tutti, ma principalmente quelli che le avevano ammazzato il padre davanti agli occhi. Fino al giorno di cinque anni prima in cui aveva salvato per un pelo Paolo Malfitano, il suo compagno magistrato, dalla stessa sorte, ed era finita nel blackout dal quale ancora non pareva essersi ripresa del tutto. Da quel momento Marianna non aveva piú avuto la figlia vicina se non di rado e per pochi giorni. L'aveva vista scappare via, da Palermo, da Paolo e da tutto quello cui anni prima s'era dedicata. Da lei e dalla nuova famiglia che le aveva dato, da Federico che l'amava come una figlia, dall'affetto di Costanza che adorava la sua sorella maggiore. Solo adesso, forse, le sembrava di vedere la loro famiglia davvero unita. Adesso, dopo ventiquattro anni.

– Meno male che a Catania ti occupi di morti ammazzati, diciamo cosí, «normali». Per lo meno so che non hai a che fare con la gente fitusa che arrestavi a Palermo.

Almeno un risvolto positivo quella fuga l'aveva avuto. Gli omicidi comuni erano commessi da gente comune, che difficilmente uccideva poliziotti e magistrati. Un sollievo per una madre, per giunta con la sua storia. Se non fosse stato per la collaborazione saltuaria che di recente Vanina aveva ripreso con la Catturandi della Mobile di Palermo, Marianna avrebbe continuato a dormire sonni tranquilli.

– E noi che ne sappiamo se questi morti nuovi sono «normali» o se magari hanno a che fare con gente fitusa? – scherzò Vanina.

Marianna sbuffò. – Vani', vedi di finirla, che già la luna ce l'ho storta, eh.

– Ohhh, finalmente ti riconosco! Manco una protesta... mi pareva troppo strano.

– Vabbe', sbrigati a risolvere 'sto caso e vieni a trovarci a Scopello. Oramai questione di una settimana e ci trasferiamo.

– E mi pare ora. Sono giorni che fai avanti e indietro con la povera Filippa appresso. Cocò dice che la casa è lucidata a specchio.

– Cocò dovrebbe parlare di meno, visto che finora non ha alzato un dito.

Vanina sorrise. Povera Cocò. Le aveva promesso che l'avrebbe aiutata a superare il periodo di crisi sentimentale che stava attraversando, invece come al solito la stava abbandonando.

Chiuse in fretta la telefonata con sua madre e la chiamò.

Costanza non protestò. Per lei era già tanto che

sua sorella avesse iniziato a manifestarle un po' di quell'affetto in cui lei aveva sempre sperato. Evitò di mostrarsi delusa. Anzi scherzò.

– Oh, male che vada, la strada di casa tua la so! – Quasi due mesi ci si era piazzata, in quell'oasi di pace alle pendici dell'Etna dove viveva Vanina. Il rientro a Palermo risaliva appena a qualche settimana prima.

– Quando vuoi, là sono. Però, se ti posso dare un consiglio, vedi di aiutare tuo padre a sbrugghiare la situazione col tuo ex zito. Prima che se lo ritrovi tra i piedi.

Un allievo piú infido di quello avrebbe fatto fatica a trovarlo, il povero Federico. Per non parlare di Cocò, che aveva rischiato di sposarlo e di scoprire troppo tardi che razza di bastardo fosse. Meno male che era sveglia e l'aveva sgamato per tempo.

– Mi raccomando, Cocò, ogni tanto dài un occhio al commissario Patanè.

– Non ti preoccupare, ci penso io. Cerco di trascinarlo un poco fuori, – assicurò Costanza. All'ottantatreenne commissario catanese, amico di sua sorella, era affezionata assai. A lui e alla moglie Angelina, che suo padre settimane prima aveva ripreso per i capelli, sottoponendola a un delicatissimo intervento a cuore aperto. L'elicottero aveva pagato, il commissario, pur di farla trasferire da Catania a Palermo e farla operare da lui. Vanina ovviamente l'aveva accompagnato. I Calderaro non volevano sentire ragioni e gli avevano riservato la stanza degli ospiti in casa loro, ma, soprattutto i primi tempi, erano piú le notti che il commissario aveva passato accanto alla moglie in ospedale di quelle in cui ne usufruiva. – Piuttosto, chissà come gli dispiacerà non partecipare alla nuova indagine, – concluse Costanza.

– E chi ti dice che non parteciperà? – replicò Vanina. Di certo non sarebbe stata la distanza a privarla del suo piú importante collaboratore. Sebbene in forma ufficiosa, ormai Patanè era parte integrante della squadra che a suo tempo aveva diretto. – Anzi, fammi staccare, che lo chiamo subito.

3.

Il commissario in pensione Biagio Patanè girò per la terza volta la stessa pagina che aveva appena riletto. Niente, non c'era che fare: qualunque argomento trattasse, non c'era libro su cui riuscisse a concentrare l'attenzione abbastanza da seguire il filo del racconto senza che la mente se ne andasse per i fatti propri. Del resto era comprensibile: aveva rischiato di perdere Angelina. Da traumi come quello, all'età sua, non è che uno si ripiglia tanto facilmente. Giorni infiniti aveva passato, nell'angoscia che sua moglie non si risvegliasse piú. E ora che finalmente i pensieri tinti si stavano allontanando gli pareva di camminare con la testa sopra le nuvole.

Alzò gli occhi dal libro e la guardò.

Seduta in poltrona, maglietta e pantaloni da ginnastica che mai avrebbe immaginato di vederle indosso, sferruzzava placida come se invece che in una clinica per la riabilitazione si trovasse in un albergo, magari in vacanza. Tutto pareva tranne una reduce dal reparto di cardiochirurgia del Policlinico.

– Gino, la finisci di taliarmi accussí? – disse, senza nemmeno bisogno di staccare gli occhi dai ferri.

– Io? Ti stavo taliando?

Angelina sollevò lo sguardo. – Ah no?

– E vabbe', ti stavo taliando, – ammise Patanè. – C'è qualche cosa di male?

La moglie sospirò. Cento volte l'aveva sgamato, in quei giorni, a fissarla con preoccupazione. Pure ora che pareva essersi rasserenato, non smetteva di controllarla. – Bona mi sento, Gino, statti queto. Macari il professore Calderaro lo disse. Oramai cosa di giorni è, e ce ne torniamo a Catania.

– A Catania ci torniamo quando siamo sicuri al cento per cento che va tutto bene.

Angelina rispose con un gesto della mano che pareva prenderlo in giro.

– Ca certo, come no. Accussí restiamo a Palermo a vita –. Lo scrutò, bonaria. – All'età nostra il cento per cento non esiste, Gino. Rassegnati.

– Comunque, fino a quando non hai recuperato le forze, di qua non ti muovi. E macari chistu lo disse Calderaro, – sentenziò Patanè.

Il patrigno dell'«amica sua», come la chiamava Angelina, s'era fatto in quattro per aiutarli in ogni modo. Una volta dimessa dal Policlinico, dove l'aveva operata dalla sera alla mattina, Federico Calderaro aveva brigato per far accogliere la signora Patanè in una struttura sanitaria di sua fiducia dove l'avrebbero seguita al meglio nella riabilitazione, che dopo un intervento simile era importante assai.

– Gino, – fece la signora, abbassando i ferri sulle ginocchia, – pirchí non te ne vai a passeggio? Ti distrai un poco, ti vai a mangiare qualche cosa di buono, invece di accontentarti del pranzo della clinica. Sciupato sei.

Patanè guardò fuori dalla finestra. Il cielo era terso, un vento leggero muoveva le foglie dell'unico albero visibile. Manco troppo caldo c'era, almeno per il momento.

– Ma dove me ne debbo andare? Girare per Palermo da solo mi siddía.

– La dottoressa Guarrasi ancora non tornò?

Patanè la fissò meravigliato. E che era 'sta novità?

– Sicuro che ti senti bene? – s'accertò.

– Magnifica sono. Ma pirchí, chi dissi di strano?

– Piddaveru me lo chiedi? Mi stai proponendo di chiamare la Guarrasi.

Quasi un anno era passato da quando aveva conosciuto quella giovane collega con cui aveva legato cosí tanto da ritenerla, ricambiato senza dubbio, la migliore amica mai avuta. E quasi un anno era che, dal canto suo, Angelina non mancava di manifestare – a volte sfiorando perfino il ridicolo – la gelosia che provava nei confronti di quella fimmina, che non solo frequentava suo marito, ma per giunta lo coinvolgeva, risvegliando in lui il sacro fuoco mai sopito delle indagini per la Polizia di Stato.

La signora agitò una mano per aria, come per minimizzare.

– A mali estremi, estremi rimedi. Megghiu appresso alla Guarrasi che assittato supra 'na seggia a fare finta di leggiri libra ca mancu t'interessano.

Patanè stava per replicare che il giallo francese prestato da Costanza era interessante assai, quando il suo telefono prese a squillare. Appena scorse il numero sul display gli scappò un sorriso.

– Talè, pare che la chiamasti, – annunciò. Non c'era bisogno di precisare chi.

Angelina alzò le spalle, come a dire che se lo aspettava. Si riconcentrò sul lavoro a maglia facendo buon viso mentre Gino, di colpo ringalluzzito, rispondeva alla Guarrasi. Mezzo minuto ci mise a capire che un nuovo caso stava comparendo all'orizzonte. Per la prima volta sperò che suo marito ci si buttasse a capofitto.

Vanina si sentiva in colpa.

– Commissario, mi dispiace di non averla nemmeno salutata, ma tornare a Palermo da Castelbuono mi avrebbe fatto perdere troppo tempo, – si scusò.

– Dottoressa, ma che sta babbiando? Ci mancava pure che passava da Palermo solo per salutare a mmia. Come se non bastasse tutto quello che lei e la famiglia sua state facendo per noi. A Catania la squadra ha bisogno di lei.

– Specie in questi giorni, che non posso manco mandarla a sostituirmi.

Patanè rise.

Pareva uno scherzo ma non lo era affatto. Negli ultimi tempi, ogni volta che Vanina s'era dovuta allontanare per andare a Palermo, aveva chiesto a lui di fare le sue veci. Una presenza ufficiosa, manco a dirlo, su cui anche il primo dirigente Macchia oramai soprassedeva, considerandola perfino un valore aggiunto. Patanè ragionava esattamente come la Guarrasi, ed era dotato dello stesso fiuto sbirresco. Il suo apporto nelle indagini della sezione Reati contro la persona era andato ben oltre il semplice consiglio dispensato da un anziano a una collega piú giovane. Era stato determinante.

– Certo che stavolta si superò, dottoressa, s'u facissi riri. Sette morti avvelenati supra una barca di lusso. Per giunta col cianuro. 'Nu romanzo di Agatha Christie pare! – Costanza in quelle settimane gli aveva prestato pure uno di quelli.

– E che ci devo fare, commissario, mi capitano sempre casi streusi. Oddio, sul cianuro ancora non possiamo mettere la mano sul fuoco, almeno finché Adriano non avrà confermato la sua ipotesi.

– Eh, ma tra i dettagli che mi riferí ce ne sono un paio che fanno pensare proprio a quello. E sono sicuro che macari il dottore ci fece caso.

– Parla del colorito dei cadaveri?

– Anche, ma non solo.

Vanina non capí.

– Lei non mi disse che a occhio, e soprattutto a naso, il liquido residuo nei bicchieri al dottore Calí era sembrato latte di mandorla? – riprese Patanè.

– Sí.

Il commissario rimase un attimo in silenzio. Poi: – Dottoressa, ma lei l'ha mai annusato il cianuro?

No, Vanina il cianuro non l'aveva mai annusato. Che odorasse di mandorla, e che addirittura si potesse trovare nelle mandorle amare, lo sapeva ma in tutta sincerità non le era venuto in mente. Ora si spiegava perché Adriano aveva insistito tanto sul latte di mandorla, senza ritenere di doverle spiegare che sarebbe stata la bevanda perfetta per nascondere quel tipo di veleno. Almeno lui non s'era accorto della sua défaillance.

Una bella malafigura aveva fatto stavolta con Patanè. La grande sbirra. Meno male che il commissario le voleva troppo bene per farglielo notare. La mafia cianuro non ne usa per fare fuori i cristiani, dottoressa, l'aveva giustificata. E poi erano decenni che lui stesso non ne sentiva parlare piú.

Vanina percorse la Palermo-Catania santiando a destra e a sinistra contro i responsabili dello sfacelo in cui quella sedicente autostrada versava. Un progressivo cedimento di ponti, di asfalti, di gallerie, che anno dopo anno sommava disservizi ai disservizi. Il tutto nell'indifferenza assoluta sia dei gestori inefficienti, che avrebbero dovuto curarne la manutenzione, sia dei fruitori, che con atavica rassegnazione s'adattavano a quello sfacelo ritenendolo pressoché irrimediabile. Decisa a fare quanta piú strada possibile prima di concedersi la sosta benzina piú autogrill, con relativo «menu colazione», alla quale non sapeva rinunciare, saltò l'area di servizio Scillato e si ripropose di tirare fino a Enna e fermarsi alla solita Sacchitello, quando ormai per Catania mancava poco meno di un'ora. La sua astinenza da dolci e da caffè, a quel punto, aveva raggiunto il massimo livello di tollerabilità. Entrò spedita nel parcheggio dirigendosi verso il bar, che tanto la benzina poteva aspettare, e scese dall'auto senza nemmeno chiedersi come mai la sua fosse la sola presente nel piazzale, di solito pieno. Riuscí a bloccarsi appena un attimo prima di sbattere il naso contro la porta a vetri sprangata, sulla quale campeggiava un foglio di carta formato A4 con su scritto a stampatello CHIUSO PER RISTRUTTURAZIONE. A giudicare dal deserto assoluto che vedeva all'interno del bar, tutto pareva tranne che qualcuno ci stesse lavorando.

– Ca certo, ristrutturazione. 'Sa quando la riaprono, – mugugnò.

L'unica altra area di servizio che avrebbe incrociato era alla fine dell'autostrada, quasi a Catania. Tanto valeva aspettare e fermarsi in un bar in città, dove invece che un caffè e un cornetto surgelato avrebbe rimediato una granita e una brioche.

Doveva solo capire quale strada fare per raggiungere i suoi.

Mentre faceva il pieno di benzina, richiamò Spanò.

– Dottoressa, – rispose l'ispettore a voce bassa.

– Spanò, che fu? Perché parla piano?

– Sono col dottore Macchia e il dottore Terrasini, assieme al tenente di vascello della Capitaneria di Riposto.

– Dove vi trovate?

– Nel porto.

– Lo so che siete nel porto, ma dove?

– Ah, scusi! Sulla barca.

– I cadaveri sono stati rimossi?

Spanò anticipò la risposta con uno sbuffetto.

– Ca quale, dottoressa. Ancora 'n mezzo a 'na strada semu! Ora ora salí la Scientifica, e macari il dottore Calí si sta ricontrollando i corpi, uno per uno.

– Perciò mi conviene raggiungervi a Riposto, – dedusse Vanina.

– Dipende. Lei dov'è, ora?

– A Enna.

– Mah, qua secondo me come minimo se ne vanno altre due ore, se non di piú.

– Ho capito. Vi raggiungo là.

– Sí, ma non s'arrisicasse a pigliare l'autostrada per Messina, che prima di Acireale c'è un restringimento e si formano code chilometriche.

Vanina fece una smorfia, infastidita. – E figurati tu se non c'era qualche camurría. Come la Catania-Palermo diventò.

– Peggio, dottoressa. Almeno chidda è aggratis. Chista hanno macari il coraggio di farcela pagare –. Dal tono si capiva che l'argomento autostrade infervorava pure lui.

– Vabbe', allora: mi dica che strada devo fare, – tagliò corto Vanina.

– Esce all'ultimo svincolo per Catania centro e poi da San Gregorio scende in direzione di Aci Catena. Da là va verso Acireale, si ricongiunge con la statale 114 e la piglia in direzione di Giarre.

Vanina scrisse Aci Catena su Google Maps. Da San Gregorio in poi era sicura che ne avrebbe avuto bisogno. I paesi dell'hinterland catanese erano una specie di ragnatela nella quale a perderti ci impiegavi mezzo minuto. Soprattutto se catanese non eri.

– Ah, Spanò, un'ultima cosa, – si ricordò prima di chiudere. – Conosce un posto lungo tutta 'sta strada dove posso mangiare una granita e una brioche degne di questo nome?

Si sarebbe fatta ora di pranzo, ma lei di quello aveva voglia.

L'ispettore capo le rispose senza nemmeno doverci riflettere.

Dall'ultima uscita della tangenziale, il navigatore la portò dritta dritta ad Aci Catena, un agglomerato di case e condomini che si estendeva, senza soluzione di continuità, sulla collina tra Aci Castello e Acireale. Da lí Vanina riprogrammò il navigatore inserendo il nome del bar che le aveva indicato Spanò. Era proprio su una piazzetta lungo la statale, verso Giarre, in località Guardia. Non poteva sbagliare perché in corrispondenza dello slargo c'era un semaforo.

Ci arrivò in una mezz'ora scarsa. Guardò l'orologio: s'accorse che s'erano fatte quasi le due. Era davvero il caso di pranzare con una granita e una brioche? Sí, quel giorno sí. Parcheggiò un po' piú in alto della pasticceria ed entrò. Si sedette nel dehors affacciato sulla piazzetta e ordinò una granita mandorla e caffè e una brioche, che si sparò in un tempo talmente breve che per finire la granita ne dovette ordinare un'altra. Si fece fuori pure quella, raccogliendo fino all'ultimo fondo. Elargí i suoi complimenti ai titolari del bar, pagò e uscí. La sigaretta già pronta da accendere, se ne tornò in auto.

Un quarto d'ora piú tardi era al porto di Riposto.

L'ispettore capo Carmelo Spanò avvistò la Mini bianca che entrava attraverso la sbarra del parcheggio.

– Bonazzoli, – chiamò.

– Dica, ispettore.

Le indicò l'ingresso del porto con un cenno del capo. – Arrivò la Guarrasi.

Marta annuí.

– Le vado incontro.

Saltò giú dallo yacht e partí lungo il molo di pietra lavica, diretta al parcheggio, con un'andatura che solo una allenata come lei era capace di mantenere.

Raggiunse la Guarrasi che stava ancora chiudendo l'auto.

– Palermitana, bentornata, – la colse di sorpresa.

Vanina si voltò di scatto. Le sorrise.

– Oh, cara bresciana, ben trovata.

Si abbracciarono.

– Non sai quanto sono contenta che tu sia rientrata. In mezzo a tutti quegli uomini mi stavo abbrutendo.

Marta Bonazzoli era l'unica della squadra a darle del tu. Forse perché per molti mesi era stata l'unica donna oltre a lei. O forse perché, nonostante la profonda differenza di vedute su molti argomenti, s'erano stimate reciprocamente fin dall'inizio, tanto da instaurare un'amicizia personale.

– Abbrutendo? Tu? – Vanina la guardò di sottecchi, dubbiosa. T-shirt blu, pantaloni alla caviglia di cotone bianchi, capelli biondi legati. Una discreta abbronzatura e un velo di trucco le valorizzavano ancora di piú il viso, già di per sé perfetto. Altro che poliziotta, la modella doveva fare. Vanina non si sarebbe mai stancata di dirglielo.

S'avviarono lungo il molo alla massima velocità che la Guarrasi potesse tollerare, specie con il sole a picco.

– Allora, che mi dici? – chiese Vanina.

Marta prese un respiro, l'espressione sconcertata.

– Una strage, capo. Sette morti tutti insieme... Vedrai che impressione.

Il vicequestore si stupí. – Perché, non li hanno rimossi?

– No, non ancora. Le operazioni della Capitaneria esigevano tempo, i colleghi della Scientifica sono saliti a bordo sí e no da un'ora.

– Terrasini?

– È stato qui per un po', poi se n'è andato. Ha detto di aggiornarlo al piú presto.

Sapere di avere a che fare con un magistrato garbato ed equilibrato come lui per Vanina era di conforto.

Raggiunsero l'ormeggio dell'*Almond*. Sistemato all'inglese lungo il molo principale, tirato a lucido, i suoi venticinque metri ben visibili. Abbaglianti.

– Rannuzzu, eh, dottoressa, – disse Spanò, spostando l'indice da un lato all'altro dello scafo, per sottolinearne le dimensioni.

– Enorme, – annuí la Guarrasi, mentre l'ispettore risaliva a bordo.

Prima di seguirlo si guardò intorno. Un uomo e una donna con la divisa della Capitaneria di Porto le rivolsero un breve cenno di saluto.

Da una barca ormeggiata davanti al distributore di carburanti scese di corsa una donna.

– Vani!

Tra cappello con visiera, occhiali da sole specchiati e tenuta da capitana, bisognava concentrarsi bene per riconoscerla.

– Oh, Giuli, – le andò incontro. – Qua sei rimasta?

– Sono testimone del ritrovamento di sette cadaveri. Secondo te mi facevano andare via prima che arrivasse la Guarrasi?

– Pensavo che ti avessero già sentito.

– Certo che mi sentirono. Spanò, Bonazzoli, Terrasini. E pure il tenente di vascello Torregrossa, tuo concittadino, che in questo momento si trova ancora a bordo dell'*Almond* –. Dalla faccia che fece Giuli nominandolo e dalla dovizia di particolari, Vanina capí che l'uomo non doveva essere passato inosservato e intuí il vero motivo per cui l'avvocata era rimasta lí.

L'amica sorrise sorniona.

– Me ne potevo andare senza aspettare che arrivasse la Guarrasi? – confermò, indicando con gli occhi la banchina.

Di riflesso Vanina si voltò verso lo yacht e vide un uomo in divisa che ne stava discendendo, seguito da Spanò. Spalle larghe, mascella quadrata, capelli scuri cortissimi sotto il cappello d'ordinanza, occhiali da sole a goccia. La versione scura e abbronzata di William Holden in *Squali d'acciaio*.

Vanina le resse il sacco.

– A morte mi sarei offesa.

Avesse voluto il cielo che Giuli s'affrancasse dalla sua ossessione per Luca Zammataro, ne avrebbero guadagnato tutti. Vanina per prima, che pur di ammucciare le fesserie che l'amica combinava aveva dovuto abbassarsi a mentire a una persona speciale come Adriano.

Un po' per favorire l'avvicinamento dei due, un po' perché effettivamente interessata a quanto il tenente avesse da dirle, Vanina raggiunse Spanò.

– Dottoressa, da lei stavamo venendo, – l'anticipò l'ispettore.

– Ferdinando Torregrossa, – si presentò il tenente, allungando la mano destra e usando la sinistra per togliersi gli occhiali da sole. – Tenente di vascello, Ufficio circondariale marittimo di Riposto.

Vanina lanciò uno sguardo a Giuli, che di fronte a cotanto verde d'occhi s'era incantata. – Vicequestore Giovanna Guarrasi, – gli rispose, faticando per non sorridere.

– Come stavo dicendo all'ispettore, abbiamo tracciato il percorso compiuto dall'imbarcazione *Almond* da ieri mattina, quando ha lasciato il porto di Capo d'Orlando, dov'era ormeggiata, fino al momento in cui si è fermata al largo di Marina di Cottone.

– Era in navigazione da ieri mattina? – si stupí Vanina. Non era possibile che in un giorno intero nessuno avesse bevuto il latte di mandorla incriminato. Bisognava immaginare che qualcuno l'avesse portato a bordo in un secondo momento...

Il tenente bloccò il volo pindarico. – Non proprio. Ieri ha navigato da Capo d'Orlando alla Marina di Riposto, è stato ormeggiato qui stanotte, per poi salpare di nuovo stamattina alle nove. Quando si misero in contatto con noi, o meglio quando tentarono di farlo, erano le dieci e quaranta e l'*Almond* s'era appena fermato.

Spanò fece segno di voler dire qualcosa.

– Prego, ispettore, – lo invitò Vanina.

– Ho sentito gli ormeggiatori che fornirono l'assistenza ieri e oggi. Pare che il comandante sia rimasto sempre a bordo dell'imbarcazione, mentre il resto dell'equipaggio, composto da una hostess e da un marinaio, sbarcò ieri sera e oggi non si ripresentò. Il dottor Lavinaio arrivò stamattina, per primo, e poi uno per volta si susseguirono gli altri cinque. Per ultimo, che quasi quasi lo yacht stava per mollare gli ormeggi, s'imbarcò pure Pietro Lavinaio, il figlio dell'armatore. A quanto sembra erano diretti alle Eolie, a Salina, dove il comandante Villari si sarebbe dovuto sposare tra due giorni.

– Bell'addio al celibato, non c'è che dire, – commentò Vanina. Poi, rivolta al tenente: – Abbiamo una registrazione del tentativo di richiesta d'aiuto?

– Sí, l'abbiamo. Ma la avverto, dottoressa, che purtroppo non serve a granché. L'abbiamo ascoltata e riascoltata, e l'unica parola comprensibile è *mayday*, peraltro detta una sola volta. La qual cosa ci ha insospettito.

Vanina annuí, pensierosa, rigirandosi tra le dita una sigaretta che le sarebbe piaciuto accendersi, se le circostanze l'avessero permesso.

– Amuní, Spanò, saliamo a bordo, – risolse.

Indirizzò un cenno di saluto a Giuli, come a dirle che forse era arrivato il momento di levare le tende. Mentre era sulla scaletta, preceduta dall'ispettore, scorse l'amica nell'atto di agganciare il tenente, che tutto pareva tranne che infastidito.

Spanò raggiunse la porticina sul camminamento laterale dello yacht.

– Da qui si va alla postazione di guida, – spiegò, e recuperò due paia di calzari tra quelli che la Scientifica aveva lasciato a loro disposizione.

Vanina li indossò. Facendo attenzione a dove metteva i piedi, oltrepassò la porta ed entrò. Si fermò sulla soglia. Stando a quanto le avevano riferito Adriano e Spanò, proprio lí vicino alla consolle di guida si trovavano almeno tre dei sette cadaveri. E infatti. Uno era per terra davanti a lei, la testa appoggiata al sedile. Nonostante la smorfia di dolore che gli storceva i lineamenti, le labbra rosse che parevano pittate col rossetto, si capiva che doveva essere stato un bell'uomo, di non piú di quarant'anni.

– Giacomo Villari, il comandante dell'*Almond*, – disse l'ispettore.

Vanina continuò a fissarlo. Indicò la radiotrasmittente stretta nella mano destra.

– Fu lui a chiamare la Capitaneria, – dedusse.

– Sicuramente, anche se non arrivò nemmeno a parlare –. L'ispettore scosse il capo. – Mischinazzo.

Vanina avanzò, cercando di non toccare nulla. Per quanto adeguati alle dimensioni dello yacht, gli spazi erano divisi con un criterio che non ammetteva sprechi. Quello in cui si trovava il posto di guida non era enorme, cosí come non lo erano né la zona del divanetto né quella della cucina. Pochi metri quadrati nei quali giacevano la bellezza di quattro cadaveri. Sull'ultimo, vicino alla porta che si apriva sul camminamento opposto a quello dal quale era entrata lei, era chino Adriano. Bermuda e maglietta dall'aspetto vacanziero cozzavano con i guanti e i calzari che aveva indossato.

– Dottore Calí, i miei rispetti.

Il medico si voltò. Abbassò la testa a mo' d'inchino.

– Vicequestore Guarrasi.

Vanina s'avvicinò.

– Allora, che mi conti?

– E che ti conto? – Adriano si tirò su, spostò gli occhi a destra e a sinistra. – Lo vedi tu stessa, no? Sette morti. Come ti dissi prima, tutti avvelenati –. Indicò una brocca sul tavolo, con un residuo di liquido bianco. – Ammazzati da un bicchiere di latte di mandorla.

– Amara, – venne spontaneo precisare a Vanina. Per non incappare in ulteriori malefigure, prima di scendere dalla macchina s'era andata a leggere di corsa un po' di notizie sul cianuro. Aveva scoperto che lo si poteva trovare nei vegetali piú impensati, nei noccioli di determinati frutti. Le mandorle amare ne erano una pericolosa quanto insospettabile fonte.

– A giudicare dalla rapidità con cui sembrerebbero essere deceduti, la dose doveva essere bella cospicua. Non credo che qualche mandorla amara capitata per caso nel latte possa averla prodotta.

– Il che fa supporre che il veleno sia stato deliberatamente aggiunto al latte di mandorla, sfruttando il fatto che hanno piú o meno lo stesso odore, – sparò la deduzione di Patanè come se fosse stata sua e subito se ne vergognò. – Sostiene il commissario, – specificò.

– E figuriamoci se non l'avevi già coinvolto, – fece Adriano con un sorriso quasi intero. Il quasi, naturalmente, dipendeva dalle circostanze, che di certo allegre non si potevano definire.

Vanina posò gli occhi sul ragazzo su cui era chino il medico fino a poco prima.

– Era giovane assai, – commentò, faticando a mantenere la distanza che si imponeva di frapporre tra lei e le persone di cui doveva occuparsi. Le venne davanti agli occhi l'immagine di una madre, di un padre. Vittime anche loro di quel crimine al momento solo presunto, ma sul quale Calí non sembrava avere dubbi. Vittime, come lei.

– È Pietro Lavinaio. Figlio del proprietario della barca, – intervenne Spanò.

– Quindi sono stati avvelenati in un colpo solo padre e figlio.

– Assieme ad altre cinque persone.

– Abbiamo già tutti i nomi?

Spanò calò la testa, fiero.

– Nomi e tra poco macari qualche informazione. Mentre aspettavamo la Scientifica, Bonazzoli e io arricampammo i documenti che le vittime avevano appresso. Per non perdere tempo, chiamai a Nunnari in ufficio e lo misi all'opera.

– Bravo, Spanò. Sui nomi intanto che sappiamo?

L'ispettore tirò fuori un foglietto, accartocciato come solo dentro le sue tasche era in grado di ridursi un pezzo di carta, e lesse.

– Perciò: i due Lavinaio, Edoardo e Pietro, rispettivamente di anni sessantuno e ventidue. Villari Giacomo, il comandante, di anni quarantadue. Giovenale Valerio, di anni quarantadue; Nicosia Rocco, di anni trentanove; Lo Re Ernesto, di anni quarantuno, e Paratore Silvio, di anni quarantatre.

– Stiamo rintracciando i parenti?

– Sí, capo, ci sta pensando la Ristuccia, che è appena rientrata dalle ferie. La moglie di Lavinaio sta già venendo qui.

– Qui? – fece Vanina interdetta. – Non era meglio evitare?

Spanò allargò le braccia. – Ristuccia ci provò, ma la signora non volle sentire ragioni.

– In effetti, come non capirla. Sulla sua barca ci sono sette morti, due dei quali suoi cari –. A pensarci bene, poi, la signora poteva essere una fonte di informazioni molto utile. La piú importante, probabilmente.

Spanò e Adriano scortarono Vanina sul deck superiore, dove stava operando la Scientifica. Il cadavere di Edoardo Lavinaio era ancora nella posizione in cui l'avevano trovato ore prima. Capelli folti, sale e pepe, costume da bagno azzurro a fiorellini, camicia di lino sbottonata. Occhi aperti, mascella serrata, labbra che piú rosse non potevano essere.

Cesare Manenti, l'eterno vice della Scientifica, era lí che impartiva ordini agli uomini della sua squadra. Il sovrintendente capo Pappalardo, l'unico di cui Vanina si fidasse ciecamente, non sembrava farne parte. Anzi, a guardare bene parevano tutti dei novellini, che saltellavano da un lato all'altro obbedendo al superiore, all'apparenza senza concludere nulla.

– Guarrasi, buongiorno, – la salutò Manenti. Faccia tronfia, posizione marziale con le mani sui fianchi. Vestito in multicolor, che pareva uscito da una commedia anni Ottanta.

– Manenti, buonasera –. Pomeriggio inoltrato era.

– Finalmente arrivasti. Ma che eri in ferie per davvero? – Il vicedirigente reclinò la testa da una parte in segno dubitativo.

– Perché, pensavi fosse per finta?

– No, piccarità! Solo mi pareva strano. La grande Guarrasi in ferie? Possibile mai?

L'aria sfottente suggeriva di mandare quell'arrogante incapace dove si meritava d'essere mandato. Vanina represse l'istinto di scugnargli il naso. Con fatica si obbligò a trovare una via alternativa all'aggressione per ridimensionare quel verme.

– Manenti, dimmi una cosa: il vicequestore Munzio è rientrato in sede?

Sventolargli in faccia il nome del collega che, per meriti incontestabili, gli aveva soffiato il posto di capo della Scientifica era un po' come agitare un drappo rosso davanti alle corna di un toro. Se poi quel collega era pure palermitano e amico «della Guarrasi», la carica era assicurata. E infatti.

– No, – muggí l'altro alzando il tono della voce, l'espressione boriosa che pareva dire: oggi comando io.

Vanina si limitò a fissarlo con il piú fendente degli sguardi d'acciaio che i suoi occhi fossero in grado di dispensare. – Peccato, – concluse. Poi, rivolta a Spanò: – Torniamo giú.

Manenti rimase interdetto.

– Niente mi vuoi chiedere?

Vanina si voltò.

– Perché, hai qualche cosa da dirmi?

Quello balbettò.

– Qualche cosa.

– Ah. E perché non hai parlato subito, invece di perdere tempo a sparare minchiate?

La sporgenza degli occhi di Manenti superò il limite massimo di cui madre natura li aveva dotati. Il colorito si fece bordeaux. Ma la situazione non gli consentiva di proseguire sulla linea della guerriglia, quindi abbozzò.

– Abbiamo requisito le brocche e tutte le confezioni di latte di mandorla che abbiamo trovato nel frigorifero e nella dispensa.

Vanina non resisté. – Cambusa.

– Eh?

– Cambusa, si chiama, non dispensa.

Manenti si perse.

– Come si chiama si chiama, – tagliò corto.

– Impronte? – chiese Vanina. Ma conosceva già la risposta.

– Migliaia.

– Cerchiamo bene sulle confezioni di latte di mandorla. Piuttosto, avete controllato se sono integre?

– A eccezione di quelle aperte, sembrano tutte tappate.

Vanina non si convinse.

– Me le fai vedere?

Quello sbuffò platealmente.

– Ti dissi che sono integre.

– Tu fammele vedere lo stesso.

Manenti alzò gli occhi al cielo.

– Briguglio! – chiamò. Uno dei tre scafandrati scattò verso di lui. – La dottoressa Guarrasi vuole vedere le confezioni di latte di mandorla –. Il passo pesante manco gli avessero legato due pesi alle caviglie,

Manenti seguí l'agente sulla scaletta che portava giú. Vanina e Spanò scesero con loro, mentre Adriano finiva il suo lavoro sul cadavere di Lavinaio.

Briguglio andò a recuperare i reperti e li mostrò ai due poliziotti. Sei brick di latte di mandorla con il marchio dell'azienda di Lavinaio. Due erano aperti. Uno, vuoto, era stato rinvenuto nella pattumiera.

Vanina si infilò i guanti e allungò le mani.

– Posso?

– Certo, dottoressa –. L'agente le porse i sacchetti. Manenti non commentò.

La Guarrasi prese la prima confezione chiusa, la capovolse, la scosse, la spremé. Sembrava sigillata. Proseguí con la seconda, stesso risultato.

– Dottoressa, che stiamo cercando? – chiese Spanò, sottovoce. Quando non capiva quello che passava nella testa della capa, gli veniva piú difficile starle appresso.

– Se il latte di mandorla è stato avvelenato, le possibilità sono due, ispettore: o il cianuro è stato versato direttamente nelle brocche, o era già presente nella confezione. In questo caso è importante capire se il brick in questione era perfettamente sigillato o se ci sono fori.

– Certo, pirchí se è sigillato significa che il veleno fu versato prima di chiudere la confezione. Perciò in fase di inscatolamento, – disse Spanò.

– Esatto –.Vanina afferrò un altro brick e gli riservò lo stesso trattamento dei primi due. Di colpo si bloccò. Accostò l'orecchio. – Questo non mi convince, stringendolo si sente un sibilo, come se l'aria uscisse. Da qualche parte dev'essere forato –. Si voltò verso Briguglio e glielo consegnò. – Controllatelo –. Poi, rivolta a Manenti: – Se è come credo, nei brick perfettamente sigillati non troverete nulla. Il cianuro potrebbe essere in quelli forati. Se non fosse nemmeno lí, dobbiamo dedurre che sia stato versato direttamente nelle brocche. Ma a òcchio e croce mi pare l'ipotesi meno probabile.

Spanò concordò con un segno del capo. Anche Briguglio annuí, infilando il brick in un sacchetto.

– E perché? – disse invece Manenti.

Vanina ebbe un attimo d'incertezza. Ma c'è o ci fa?, si chiese. Si rassegnò a spiegare.

– Perché, stando a quanto ne sappiamo, a bordo c'erano solo queste sette persone. Sono morte tutte, perciò dubito che qualcuno di loro abbia messo il cianuro nella brocca. A meno che non si tratti di un suicida.

La buttò lí per scherzare, ma se l'annotò mentalmente. S'accorse che anche Spanò stava registrando la teoria. Peregrina assai, vero era, ma in quella fase tutto poteva essere.

4.

Una Range Rover nera si fermò dirimpetto all'*Almond*, accanto all'aiuola che faceva da spartitraffico lungo il molo. Un uomo giovane scese dall'auto, andò ad aprire la portiera del passeggero e porse la mano a una donna di mezz'età, che atterrò barcollando.

Marta Bonazzoli se ne stava di vedetta nel pozzetto di poppa e intuí subito di chi si trattasse. Si sporse all'interno dalla vetrata posteriore.

– Capo, credo siano arrivati, – comunicò.

Non serviva specificare chi, dato che gli unici parenti delle vittime attesi lí erano i Lavinaio, madre e figlio.

Vanina abbandonò Spanò alla mercè di Manenti e dei suoi e uscí. Raggiunse Marta, che nel frattempo era scesa sul molo e s'era avvicinata ai due.

– Vicequestore Giovanna Guarrasi, squadra Mobile, – si qualificò, tendendo la mano.

La signora allungò la sua e le restituí una stretta debole, al pari della voce con cui disse: – Elisabetta Giansante Lavinaio.

Statura media, fisico sottile, capelli sotto le spalle sapientemente colorati tra il castano chiaro e il biondo. Completo di lino color sabbia, sandali alti. Sessant'anni o poco meno.

– Nicolò Lavinaio, sono il figlio maggiore, – si presentò l'uomo. Stretta piú vigorosa ma voce altrettanto tremante.

– Possiamo salire? – chiese subito la madre, rivolta a Marta. L'espressione affranta con cui la poliziotta la guardava doveva aver chiarito subito che si sarebbe mossa a compassione piú facilmente.

Bonazzoli guardò la capa, che aveva indossato la sua proverbiale maschera di apparente imperturbabilità.

– Purtroppo no, signora, – rispose Vanina. – Dovrete aspettare che li portino giú, ma temo che saranno coperti –. Evitò di specificare che sarebbero stati chiusi in due sacchi, dai quali sarebbero stati tirati fuori solo dopo il trasferimento nella camera mortuaria.

– Mi vuole dire che non posso salire sulla mia barca? – protestò la donna, la voce sempre tremante ma alterata, mentre l'uomo tentava di calmarla cingendole le spalle con un braccio. – Là sopra ci sono mio figlio e mio marito, – insisté. – Mio figlio e mio marito, capisce?

– Certo che capisco, signora –. Certo che capiva, quella donna non poteva sapere quanto. – Purtroppo la sua barca è la scena del crimine, e come tale in questo momento è sotto sequestro dell'autorità giudiziaria –. Indicò due sedie da regista che erano state piazzate ai lati della scaletta. – Venga, sediamoci lí.

Elisabetta Lavinaio barcollò di nuovo, avvicinandosi al braccio del figlio. Davanti alle due sedie si bloccò.

– Che ci fanno qua? – chiese, agitata. – Queste sedie sono del pozzetto di poppa, non sono quelle da sbarcare sul pontile, diteglielo. Alzò gli occhi verso la barca, evidentemente in cerca di qualcuno che non trovò.

– Mamma, per piacere, siediti, – la invitò il figlio, aiutandola. – Dottoressa, la scusi, è sconvolta. Si regge in piedi a stento.

Vanina si limitò ad annuire. Le si sedette accanto.

La donna la fissò, gli occhi castani inondati di lacrime.

– Come... come sono morti?

L'agente scelta Agata Ristuccia, quando l'aveva rintracciata, doveva essersi tenuta sul vago. Del resto la situazione era talmente surreale che pareva pure strano raccontarla. Ma tant'era.

– Riteniamo che siano stati avvelenati. Con ogni probabilità dal latte di mandorla.

La donna rimase in apnea con gli occhi sgranati.

– Il nostro latte di mandorla?

– Presumibilmente sí.

– Com'è possibile che il latte di mandorla... – tentò di ragionare la signora.

– Il medico legale è quasi certo che si tratti di avvelenamento da cianuro, – chiarí Vanina. E ora veniva la parte piú difficile: – che qualcuno probabilmente ha versato nel latte di mandorla.

– Ma... e gli altri? Gli amici che erano con loro? Sono vivi? – chiese Lavinaio.

Ristuccia doveva essere stata parecchio avara di particolari.

– No, purtroppo no.

La signora trattenne di nuovo il respiro, la mano davanti alla bocca.

– Tutti morirono? – singhiozzò.

– Tutti, – confermò Vanina, non senza una certa difficoltà.

– Pure Giacomo?

Doveva riferirsi a Villari, il comandante.

– Sí, signora, anche lui.

Il figlio si passò la mano sulla fronte. Si sedette sulla scaletta.

– Avvelenati, – ripeté, incredulo.

Vanina si sforzò di mantenere alta la barriera. Compenetrarsi nel dolore degli altri era come fare domanda in carta bollata per ridestare il suo.

– Cosa sapete dirmi della gita che stavano facendo?

– Non era una gita, – rispose la signora. – Era una traversata per portare Giacomo a Salina, dove doveva sposarsi. Edoardo… – Si fermò, singhiozzò. – Edoardo, per festeggiare le nozze, gli aveva offerto di invitare i suoi amici sullo yacht e di andare alle Eolie tutti insieme. Una specie di addio al celibato in barca. Giacomo era tanto felice, non finiva di ringraziarlo. E Pietro… – La signora ebbe un crollo.

Il figlio si alzò di corsa e la abbracciò.

Vanina aspettò che la donna si calmasse.

– Pietro, da quanto sappiamo, è stato l'ultimo a imbarcarsi. Aveva fatto tardi? – chiese.

La madre scosse il capo.

– Non lo so. Io credevo li raggiungesse direttamente a Salina. Ci teneva assai a esserci al matrimonio di Giacomo. Gli voleva bene. Pure da testimone di nozze gli doveva fare.

A Vanina venne spontaneo rivolgersi a Nicolò. – E lei? Non era invitato all'addio al celibato in barca?

L'uomo fece segno di no. – Io non avevo con Giacomo lo stesso rapporto che aveva Pietro. Non amo molto la barca, e nemmeno il mare. Mio fratello invece adorava navigare, – si fermò, – come papà –. Gli occhi gli si inumidirono.

– Quindi lei e la signora non avreste partecipato al matrimonio?

Elisabetta alzò lo sguardo, quasi stupita della domanda.

– Certo che avremmo partecipato. Li avremmo raggiunti domani mattina, con un motoscafo da Milazzo. Mio marito aveva organizzato tutto –. Singhiozzò di nuovo. – Edoardo mio era cosí preciso. Un uomo d'oro. Non lasciava mai niente al caso.

Vanina riportò la conversazione nei binari.

– Sentite, mi sapete spiegare nel dettaglio come funziona l'inscatolamento del latte di mandorla nella vostra azienda?

Lavinaio parve preoccupato. – Perché? Pensa che possa essere stato qualcuno dell'azienda?

– Non penso niente, per il momento. Ho solo bisogno di sapere che percorso hanno fatto le confezioni che erano stivate in cambusa.

L'uomo allargò le braccia.

– Dei prodotti destinati alla vendita le so dire vita morte e miracoli, ma quelli destinati al nostro uso personale seguono dei percorsi completamente diversi. La maggior parte delle volte siamo noi stessi a prenderli, appena usciti dalla catena di confezionamento. Papà di solito incaricava qualcuno dei suoi collaboratori –. Si voltò verso la madre. – Vero, mamma? Sasà, o Valentina.

La donna annuí.

– Ma su di loro metterei la mano sul fuoco, dottoressa. Affezionati a mio marito, quasi devoti, – puntualizzò, convinta.

– Sentiremo anche loro.

Il tenente Torregrossa aveva abbandonato il campo e Giuli si stava preparando a rientrare a Ognina. S'avvicinò all'amica per salutarla, ma si tenne a debita distanza dai Lavinaio.

– Poveracci, che tragedia, – mormorò, mentre abbracciava e baciava Vanina.

Gaetano e Luce, che se ne stavano seduti nel pozzetto di poppa mano nella mano, devastati dall'esperienza, agitarono la mano libera in segno di saluto.

Vanina rispose allo stesso modo.

– Li vuoi sentire o posso portarmeli?

– Portateli, che tra poco li raccogliamo col cucchiaino. Tanto li hanno già sentiti Spanò e Terrasini.

– Gaetano ha parlato perfino con Macchia.

– Per giunta. Quindi mi pare che basti.

– Va bene. Mollo gli ormeggi –. Giuli allargò le

braccia, contrariata. – Ma vedi tu che doveva capitare. Mannaggia alla solerzia. Bastava non tenere il Vhf acceso sul canale 16. Scusa, eh, non mi pigliare per cinica, ma abbordare una barca in difficoltà e scoprire che dentro non c'è piú nessuno vivo... è un'esperienza che non auguro a nessuno.

– Pensa a me, che grazie alla vostra *solerzia* mi ritrovo sette morti, presumibilmente ammazzati, per le mani. Dico sette.

– Zitta, va', Guarrasi, che a te i casi piú sono incasinati e piú t'attizzano.

Vanina non replicò. Vero era.

– Vedi che la Bonazzoli deve dirti qualche cosa, – la avvertí Giuli con un cenno del capo, mentre la salutava definitivamente.

Vanina si girò verso la poliziotta, ritta accanto ai Lavinaio, che la guardava in attesa.

– Marta, dimmi.

– Capo, penso stiano arrivando i parenti delle altre vittime –. Bonazzoli indicò due donne che avanzavano correndo lungo il molo, dirette verso di loro. Subito dietro, a passo meno spedito, un uomo e una donna.

– Li conoscete? – chiese Vanina ai Lavinaio.

Nicolò scosse la testa.

La signora, ancora seduta sulla sedia da regista, tirò su col naso.

– Quel poveretto di Giacomo non avrà nessuno.

– Non aveva parenti? – chiese Vanina.

– Era orfano da quando aveva dodici anni. È stato cresciuto da una zia, signorina, ma qualche anno fa morí pure lei.

– C'è la futura moglie.

– Sí, certo. L'unica parente, per cosí dire, lei è. Ma ora si trova a Salina –. L'espressione della donna pareva suggerire che era ovvio: si dovevano sposare lí.

A Vanina sorse un dubbio.

– Scusatemi un momento.

Si avvicinò a Bonazzoli, che aveva fatto qualche passo verso le persone in arrivo.

– Marta, senti una cosa. Qualcuno avvertí la Ristuccia di rintracciare la futura moglie del comandante, a Salina, vero?

Bonazzoli ci rifletté.

– Non lo so, – ammise.

– E che facciamo, vogliamo aspettare fino a stasera per scoprirlo?

Marta tirò subito fuori il telefono e s'allontanò svelta, mentre i quattro parenti travolgevano Vanina.

– Lei è la dottoressa Guarrasi, vero? – chiese ansimante una delle due donne.

– Sí, sono io.

Uno sgorgo di lacrime anticipò le parole successive.

– Maria santa, che disgrazia, – prese a urlare, senza piú smettere.

Vanina non seppe come arginarla.

– Signora, per piacere, – tentò di farla spostare dal centro del molo, ma quella non si mosse.

– Silviuzzo mio, gioia della vita mia, – continuava.

Vanina ricordava un Silvio tra i nomi che aveva elencato Spanò, ma non aveva memorizzato il cognome.

– Lei è la signora...? – chiese.

La donna si calmò un attimo, quasi sorpresa.

– Paratore. Me' figghiu è Paratore Silvio.

Marta ricomparve. Dalla faccia costernata era evidente la risposta che aveva ricevuto. Vanina soprassedé. – Bonazzoli, la signora è la madre del signor Silvio Paratore. Lei invece è? – Si rivolse alla donna piú giovane, anche lei in lacrime ma piú composta.

– Sono la moglie, Bisante Giuseppina.

Marta le prese in carico entrambe. Tanto, sarebbe stata questione di poco. Se conosceva bene la Guarrasi, e la conosceva, di sicuro a breve le avrebbe chiesto di scortare tutti i parenti alla Mobile, dove poi avrebbe passato la serata ad ascoltarli. Uno per uno.

La coppia che era arrivata subito dopo si fece avanti. I due alzarono la mano in simultanea, come a chiedere la parola. Altri visi pallidi, altre facce sconvolte.

– Noi siamo i genitori di Nicosia Rocco, – dissero.

Vanina si presentò. – Vicequestore Guarrasi.

– Possiamo vedere nostro figlio? – chiese la donna.

– Anche noi, possiamo vedere Silvio? – si associò la moglie di Paratore, sganciandosi dalla Bonazzoli.

– No, mi dispiace. Al momento non è possibile.

I quattro protestarono all'unisono. Non era giusto, avevano il diritto di vedere i loro cari. Guardavano tutti in direzione dei Lavinaio.

– Iddi di sicuro ci possono salire, a bordo dello iotto, – sbottò la signora Paratore. – 'Ddu iotto malirittu!

Vanina precisò subito che no, nemmeno i Lavinaio potevano salire a bordo del loro *iotto*. E per la seconda volta si trovò a dover spiegare a quelle persone disperate com'erano morti i loro figli e, soprattutto, per quale motivo a occuparsi della vicenda c'era la sezione Reati contro la persona della Mobile. La squadra Omicidi, per intendersi.

– Ma perciò manco mezzo minuto possiamo vederlo? – ripeté la moglie di Paratore, come se non avesse sentito nulla di quello che la Guarrasi aveva detto.

Vanina capí che non era lucida. Ebbe la sensazione che la sua corazza, quella che doveva impedirle di immedesimarsi, stesse iniziando a scricchiolare.

Marta le tolse le castagne dal fuoco.

– Signori, purtroppo la dottoressa non può farci nulla. Nessuno può salire sulla barca. I vostri cari verranno trasportati a breve –. Con il suo garbo evitò di nominare la parola cadaveri, o corpi.

Sette carri funebri, nel frattempo, avevano invaso il parcheggio del porto turistico, dove i capannelli di persone iniziavano a non contarsi piú. Alcune delle barche che erano uscite stavano rientrando e tutto quell'ambaradan, tra polizia, Capitaneria e addetti delle pompe funebri, di certo non passava inosservato. Vanina ringraziò il cielo che fosse un giorno feriale.

I cadaveri vennero sbarcati e portati via che s'erano fatte le cinque e mezzo di pomeriggio.

– A piedi mi lasciò, – disse Adriano, scendendo dalla barca e indicando lo spazio vuoto accanto al pontile dei carburanti. Giuli aveva mollato gli ormeggi per davvero, e a quell'ora doveva essere già a Ognina.

– T'accompagno io, – Vanina lo rassicurò.

– Devi andare alla Mobile, immagino.

– Immagini bene. Ho ben quattro madri, due padri e due mogli. Ti lascio a casa e proseguo per l'ufficio.

I parenti delle vittime, che nel frattempo s'erano palesati tutti, erano in viaggio verso la Mobile di Catania, dove l'agente scelta Agata Ristuccia e il sovrintendente Domenico Nunnari li attendevano. Gli unici cui Vanina aveva consentito di non presentarsi quella sera stessa erano i Lavinaio, che aveva già ascoltato lí.

Adriano non pareva convinto.

– Assai ci metterai? – domandò, mentre recuperavano la Mini.

– Dipende.

– Da che cosa?

– Da quante informazioni hanno da darmi, – rispose, perplessa per la domanda.

L'amico tergiversò ancora.

– E dopo che fai, te ne sali direttamente a Santo Stefano?

Vanina mangiò la foglia. Qualcosa non andava.

– Adri, che fu? – chiese, diretta, appena entrarono in auto.

Calí s'abbandonò sul poggiatesta, sfinito.

– E che fu, Vani. Secondo te?

– Luca è ripartito, – indovinò Vanina.

– Già, è ripartito. Ieri sera.

– Per dove?

– Mogadiscio, – rispose Adriano, grave. – Da free lance.

Vanina sperò di non aver capito.

– Come sarebbe, da free lance?

– Sarebbe a dire che stavolta non fu il giornale a mandarcelo, anzi, non volevano proprio che partisse. Perciò si organizzò per conto suo, assieme a un amico fotografo di Roma.

– Fammi capire, ma che si licenziò dal giornale? – chiese lei, sempre piú incredula.

– No, si mise in aspettativa. A quanto pare loro non erano interessati al reportage sulla Somalia.

– E lui, manco a dirlo, non ci poteva rinunciare.

– Ovvio che no. Che fa, babbiamo? Si può mai rinunciare a un'inchiesta giornalistica sulle bande armate somale?

Nell'auto calò il silenzio.

– Niente hai da dire? – sollecitò Adriano.

Vanina s'accese una sigaretta. Era turbata assai. Non riusciva a commentare.

– Che dovrei dire? – si sforzò di rispondere.

– Che è pazzo, per esempio? Che non si rende conto di quello che potrebbe succedergli?

– Il suo mestiere è, Adri, e ci tiene assai. E tu l'hai sempre saputo.

Adriano sospirò rumorosamente.

– Sí, vero. L'ho sempre saputo. Quando ci siamo

messi insieme dieci anni fa sapevo cosa mi aspettava e l'ho sempre affrontato. Quante volte mi hai visto in pena perché lui era in qualche zona di guerra?

– Tante.

– Mesi interi sono stato, accontentandomi di una telefonata ogni tre giorni se andava bene, con la preoccupazione che gli capitasse qualcosa di brutto. Partiva, sí, ma poi tornava e rimaneva fermo per un po'. Faceva il suo lavoro e basta. Ma adesso non so che gli pigliò. Pare… invasato –. Adriano rifletté un momento. Si girò verso di lei, serio. – Vani, io ho la sensazione che stia scappando. Da me, da una storia che magari non gli va piú bene ma che non ha il coraggio di troncare. E ho paura che pur di scappare si vada a fare ammazzare da qualche terrorista.

Vanina si sentí in difetto, come spesso succedeva negli ultimi tempi, nei confronti dell'amico ignaro della verità, una verità che solo lei e Giuli conoscevano e di cui lo stesso Luca era conscio solo in parte. E che di certo – su questo non c'erano dubbi – aveva innescato il cortocircuito in cui era caduto il giornalista. Scoprirla avrebbe forse aiutato Adriano a capire quello che stava accadendo al suo compagno, ma a fronte di cosa? Di una crisi di coppia certa, e della rottura di qualunque rapporto tra lui e Giuli. Rottura nella quale sarebbe stata coinvolta anche Vanina, rea di aver mantenuto la promessa di silenzio fatta a un'amica sconsiderata. Per non parlare della parte di storia che nemmeno Luca conosceva, e che per Giuli era stata la piú dolorosa.

– E secondo te Luca è cosí fuodde da preferire di rischiare la pelle per lo scanto di lasciare a te? – cercò di sdrammatizzare.

Adriano le tolse la sigaretta e se la finí.

– Non lo so –. Fece una pausa. – Però una cosa la so: ognuno a modo proprio e per motivi diversi, io e te siamo nella stessa barca, amica mia.

5.

L'agente scelta Agata Ristuccia, messa a guardia della sala d'attesa al piano terra dove aveva fatto accomodare parenti e congiunti delle vittime, vide passare la Guarrasi che si stava dirigendo verso l'ascensore.

– Buonasera, capo, – salutò, senza abbandonare la postazione.

Vanina s'avvicinò. – Oh, Ristuccia, ciao. Come stai? – Le batté una mano sulla spalla. – Bel rientro, ah?

– Mizzica, per davvero, dottoressa.

– T'arricriasti in vacanza?

La poliziotta esitò.

– Insomma. Poteva andare meglio.

Vanina si stupí. Secondo il notiziario dei corridoi della Mobile, ipotesi corroborate da prove indiziarie di un certo rilievo suggerivano che Ristuccia fosse partita per una fuga romantica insieme all'ispettore Scianna, collega della sezione Criminalità organizzata con il quale l'agente aveva una storia ormai nemmeno piú tanto nascosta.

– Vero? E che fu?

– Ma niente, dottoressa... Qualche problema. Cose... cosí –. La ragazza si guardò le punte dei piedi, imbarazzata.

La Guarrasi non insisté.

– Comunque pure le mie ferie, come vedi, finirono a schifio, – sviò. – La fidanzata del comandante l'abbiamo rintracciata?

– Sí, si chiama Vanessa Furci. Ventinove anni. Da cinque anni si è stabilita a Salina. Gestisce due b&b e una specie di ludoteca. A quanto pare era appena stata avvertita da qualcun altro, tant'è che quando l'ho chiamata si trovava stinnicchiata sul pavimento. Svenuta. Ho parlato con la madre.

– Passami il numero, che la chiamo io –. Non sapeva perché, pur non conoscendola, quella Vanessa le ispirava simpatia. E pena, una profondissima pena.

– Va bene, glielo giro –. Ristuccia smanettò col telefono. – È pure incinta, mischina, – aggiunse mentre inviava il contatto.

La corazza di Vanina rischiò di sgretolarsi del tutto.

– Povera picciotta, – mormorò.

Dall'interno della sala d'attesa, provvidenziale, si alzò il brusio che la presenza di Ristuccia aveva sedato fino a quel momento. Subito l'agente si fece vedere.

Vanina sbirciò senza che se ne accorgessero. I parenti parevano essersi moltiplicati.

– Ma quanta gente c'è qua dentro? – Mai aveva visto la saletta cosí gremita.

– Per ognuna delle vittime si presentarono in tre o quattro. Ma che vuole fare, dottoressa, bisogna capirli, sono scioccati. Non si capacitano del fatto che qualcuno abbia voluto avvelenare il loro figlio, marito, fratello.

– Li capisco, Ristuccia, credimi. Li capisco benissimo.

– Allora mi chiama lei quando devo accompagnarli su?

– Sí. Dieci minuti, il tempo di riprendere possesso del mio ufficio –. Si diresse verso l'ascensore.

– Capo, – la richiamò Ristuccia.

– Dimmi.

Non sapeva come comunicarglielo.

– Purtroppo l'ascensore non funziona.

Vanina sbuffò santiando gradino dopo gradino fino al secondo piano e imboccò il corridoio, dove la squadra s'era riunita a capannello attorno a Spanò e Bonazzoli.

– Picciotti, è mai possibile che 'st'ascensore scassato lo lasciai e scassato lo ritrovo dopo una settimana? – protestò.

– Di nuovo fermo è? – si stupí il vicesovrintendente Fragapane.

– Tre giorni fa venne l'operaio a ripararlo, dottoressa, – assicurò l'agente Lo Faro. Il compito di sorvegliare il funzionamento dell'ascensore era la camurría peggiore che la Guarrasi gli potesse riservare. Un giorno sí e l'altro pure si fermava. Una volta s'era bloccato tra un piano e l'altro con il Grande Capo dentro.

– Megghiu ca cangiamo operaio allora, – suggerí Spanò, seguendo la capa nell'ufficio, dove qualcuno s'era preoccupato di accendere l'aria condizionata per tempo. Vero era che il caldo pareva aver concesso una tregua, ma i giorni passati erano stati roventi.

Il primo dirigente Tito Macchia uscí dalla sua stanza e s'infilò in quella della Guarrasi, invadendola. – Ma qua' operaio, Spanò, – s'intromise. – L'ascensore dobbiamo cambiare –. Vestito di lino blu, camicia a righe, abbronzato che in confronto Kabir Bedi e Bud Spencer, cui Vanina l'aveva sempre visto somigliante, parevano due nordici. – Guarra', ben tornata, – la salutò, chinandosi sulla scrivania dove Vanina aveva fatto appena in tempo a sedersi e sovrastandola con la sua stazza da due metri per uno. Allungò una mano verso di lei, amichevole.

Vanina ricacciò nel pacchetto la sigaretta che aveva appena tirato fuori e mise in tasca l'accendino.

– Capo, bene ti trovo.

Macchia s'accomodò, fregando la sedia a Spanò.

– Come no. Un fiore. Tra Giustolisi ammalato e te in ferie, non sapevo piú dove sbattere la testa. Tutta la baracca sul groppone, con due sezioni vacanti da supervisionare, capirai che è un po' troppo. Dulcis in fundo, stamattina al dottore Calí è venuta la fantasia di appiopparci la bellezza di sette morti, probabilmente ammazzati, invece di affidarli alle cure dei carabinieri che si trovavano a un tiro di schioppo. Quando mi ha detto che riteneva possibile fossero stati avvelenati col cianuro, Guarra', credimi, mi sarei sbattuto la capa sul muro. Meno male che sei rientrata.

– E che dovevo fare? – Benedetta la fantasia del dottore Calí, che l'aveva costretta a tornare nella sua tana, fuggendo ancora una volta dalla matassa indistricabile di incertezze che era diventata la sua vita personale.

– Almeno abbiamo appurato se sono stati ammazzati davvero? Non è che ci ritroviamo a indagare su quattro poveri cristi che senza accorgersene bevvero o mangiarono qualcosa di velenoso? – insisté Tito.

– *Sette* poveri cristi, casomai.

Il capo la guardò storto.

– Guarra', hai capito benissimo che voglio dire.

– Sí, Tito, ho capito.

Macchia non si diede per vinto.

– Perché oltretutto, a giudicare dalla quantità di gente che circolava nella marina stamattina, la storia della barca con i morti avvelenati dentro come minimo avrà già fatto il giro del web. Con tanto di video prontamente postato sui social da qualche nullafacente munito di smartphone ultimo modello, alla perenne ricerca di like. In mezzo minuto uno si gioca la reputazione.

Il tono irritato suggeriva che non si trattasse di soggetti immaginari, e che il video cui si stava riferendo non c'entrasse niente con l'*Almond* e con quella mattina. Dall'aria partecipe di Marta era evidente che la cosa li riguardava entrambi. Se fossero stati soli, loro tre, Vanina avrebbe sviscerato la questione fino a fargli vuotare il sacco, ma non era quello il momento né la circostanza.

Mise le mani avanti. – *Appurato* è una parola eccessiva. Diciamo che Calí ne è ragionevolmente convinto. Un avvelenamento mortale da cianuro presuppone la presenza di una dose letale nella bevanda che ha causato la morte. Una dose che, a suo parere, non può essere stata prodotta né da mandorle amare né da altri eventuali noccioli presenti per sbaglio nel processo di lavorazione. E in effetti anche a me sembra alquanto improbabile –. Ruppe gli indugi e si accese la sigaretta che aveva nuovamente tirato fuori.

Tito si rigirò il sigaro spento tra le labbra, incerto se adeguarsi anche quella volta al reiterato malcostume della Guarrasi e accenderlo. Alla fine cedette. Due nuvole di fumo investirono Spanò e Bonazzoli, nell'assoluta indifferenza del primo e con grande disappunto della seconda, che guardò il fidanzato e la capa con aria indignata.

Vanina allargò le braccia, in segno di scusa. Per una come Marta, la convivenza con una ciminiera ambulante non doveva essere facile. E questo valeva sia sul lavoro sia nella privata quotidianità che la poliziotta, vegana, sportiva e pseudo-salutista – anche se non tutte le sue convinzioni erano esattamente salutari – condivideva con Macchia.

– Comunque il pm Terrasini ha disposto il sequestro dello stabilimento in cui viene prodotto il latte di mandorla e il ritiro di tutte le confezioni appartenenti al lotto di quelle che abbiamo trovato in barca, – concluse il Grande Capo.

Vanina annuí. – Direi giustamente. Anche se a mio parere nelle confezioni integre non troveranno niente.

Tito si allungò verso di lei, appoggiando gli avambracci sulla scrivania.

– Che vuoi dire?

– Che se Calí non ha preso una cantonata, e dubito che l'abbia presa, il cianuro lo troveranno solo in quattro confezioni: quella vuota, quella smezzata e altre due, che spremendole sembravano bucate da qualche parte.

Il Grande Capo sorrise dal lato opposto a quello in cui teneva il sigaro.

– Guarra', se non fossi tornata sarei venuto io fino a Palermo a recuperarti –. Si riabbandonò sulla spalliera della sedia, che scricchiolò. – E il commissario Patanè? Quando avremo il piacere di rivederlo?

La signora Lo Re fu chiamata per prima. Avanzò nell'ufficio esitante.

– Mi scusi, possono entrare i miei suoceri? – chiese.

Vanina capí che era meglio lasciar passare famiglia per famiglia, altrimenti lei avrebbe fatto notte e quei poveretti avrebbero patito ancora di piú. Non era piacevole dover trascorrere in un ufficio della polizia le prime ore di lutto, e rimanere uniti aiutava.

– Certo.

I due, pronti dietro la porta, si fiondarono dentro appresso alla nuora. Spanò li fece accomodare tutti e tre davanti alla scrivania della Guarrasi.

Vanina aspettò che fossero, per quanto possibile, a loro agio.

– Signora Lo Re, lei conosceva le altre sei persone presenti a bordo dell'*Almond* insieme a suo marito? – chiese.

– Sí... cioè no... non tutte.

– Chi conosceva del gruppo?

La donna contò sulla punta delle dita.

– Silvio Paratore, Valerio Giovenale, Rocco Nicosia e naturalmente Giacomo Villari.

– Lo sposo.

– Lo sposo, sí.

– Non conosceva i Lavinaio?

– No no. Mai li conobbi.

Agitò il dito rafforzando la risposta negativa. Quasi arrabbiata.

– Ce l'aveva con loro per qualche motivo? – venne spontaneo chiederle a Vanina.

– Prima? No, si figuri. Ora sí –. La signora fece una pausa. – Ora invece li odio, pace all'anima loro.

– Perché? Pensa che quanto è accaduto sia colpa loro?

– Nostra no di sicuro, – fu la risposta secca.

– A suo marito piacevano le barche? – domandò Vanina.

– Avoglia se gli piacevano. Macari la patente nautica aveva. Ma noi barche purtroppo non ce ne possiamo permettere.

– Che mestiere faceva?

– Si occupava di termoidraulica. Installava caldaie, condizionatori –. Guardò il suocero, gli sorrise. – Assieme a suo papà –. A entrambi scese una lacrima.

– Suo marito andava spesso per mare assieme a Villari?

La signora Lo Re fece un sorriso amaro.

– Ma dove, sulla barca dei Lavinaio? – Il tono e l'espressione erano già una risposta. Inutile aggiungere il resto.

– Perciò questa era la prima volta che saliva sull'*Almond*?

– La prima era e l'ultima sarebbe stata, pure se non succedeva quello che successe. Non penso che Lavinaio avrebbe dato a Giacomo la possibilità di invitare gli amici suoi in altre occasioni. Un matrimonio è un matrimonio, si fanno sempre cose che di solito non si farebbero, ma poi la vita torna quella di prima –. Le sfuggí un altro sorriso triste. – Lo doveva vedere stamattina, dottoressa. Una pasqua era. Manco gli pareva vero di salire su una barca simile. Maledetto il momento in cui ci salí, – s'infervorò. Le si inumidirono gli occhi. Si calmò.

– Lei lo avrebbe raggiunto, immagino.

– Certo, dovevo pigliare l'aliscafo domani mattina.

– Eravate molto amici di Giacomo Villari?

– Mio marito ci si spartiva il sonno.

– Che tipo di persona era?

– Era simpatico. Sempre allegro, anche se non aveva avuto una vita facile. Sa, era orfano da quando era bambino. Forse un poco farfallone, capisce cosa voglio dire? Ma oramai aveva messo la testa a posto –. Tacque. – Se penso a quella poveretta di Vanessa, che aspetta pure un figlio –. Riprese a piangere. – Ma chi può averci fatto una cosa cosí orribile?

La signora Nicosia, madre di Rocco, manco arrivò a sedersi.

– Siete sicuri che li avvelenarono? Non è che si mangiarono qualche cosa andata a male? – domandò speranzosa. Un figlio morto è già una tragedia, ma il pensiero che sia stato ucciso può far diventare pazzi.

Vanina dovette tenere duro e non mollare la corazza mentre spiegava la situazione.

– Purtroppo abbiamo motivo di credere che il cianuro sia stato versato di proposito nel latte di mandorla, anche se la conferma definitiva arriverà dopo l'autopsia e non appena avremo esaminato tutti i contenitori, – tentò di essere piú sintetica possibile.

Rocco lavorava da anni come assistente di volo per l'Alitalia, ed era sopravvissuto ai vari cambi di gestione che s'erano susseguiti.

– Macari ora che la compagnia è in amministrazione straordinaria, Rocco era sicuro che il posto suo non l'avrebbe toccato nessuno, – raccontò il padre, con un tale orgoglio che Vanina evitò di porre la domanda che le stava sorgendo spontanea. Che cosa lo rendeva cosí sicuro?

– Sentite: secondo voi è possibile che Rocco avesse dei nemici?

I genitori la guardarono increduli, proprio come poco prima l'avevano guardata i Lo Re.

– Rocco? – rispose la madre, poco ci mancava che le chiedesse se stava babbiando.

– Non penso proprio, – rispose il padre, convinto.

La signora Giovenale, madre di Valerio, alla ferale domanda che ammutoliva tutti rispose con uno scatto d'ira. – Ma perché me lo chiede? Che pensa, che l'assassino fici 'na strage per colpa di me' figghiu?

Vanina provò a calmarla.

– Signora, io non penso niente. Per il momento sto solo raccogliendo informazioni. E piú ne ho e meglio è. Se qualcuno li ha uccisi ci sarà stato un motivo. Si chiama movente. E per quanto assurdo, il mio compito è cercare di scoprirlo. Su quella barca c'erano sette persone e sono morte tutte e sette. Dubito che tutte e sette fossero il bersaglio dell'assassino.

– Vero è. Non può essere che ce l'avessero con tutti e sette, – concordò la sorella di Giovenale, che fino a quel momento era rimasta in silenzio.

– Suo fratello era scapolo? – le chiese Vanina.

– Non proprio. Era fidanzato.

– E la fidanzata è qui?

– No, Donatella è a Salina già da due giorni. È

molto amica di Vanessa e doveva farle da testimone. Mentre Valerio era uno dei testimoni di Giacomo.

Vanina si ricordò che bisognava chiamare la fidanzata di Villari. Per non scordarselo se lo segnò su un post-it che attaccò sulle sigarette. Tanto quelle non le avrebbe mai dimenticate.

– E l'altro testimone era Pietro Lavinaio?

La donna glielo confermò.

Su Giacomo Villari diedero piú o meno tutti le stesse informazioni: un caruso sfortunato, cresciuto senza genitori, ma tanto simpatico. Unica voce fuori dal coro fu la madre di Paratore, che di Villari non aveva una grande opinione.

– Qualche fimmina fu, – sentenziò. Assieme a lei c'erano la nuora e il nipote diciottenne, talmente sconvolto che pareva una statua di cera.

– P'ammazzari a 'ddu disgraziatu di Giacomo ammazzò a sei cristiani 'nnuccenti, – insisté.

– Si riferisce a un'ex fidanzata? – domandò Vanina, mentre Spanò s'annotava subito quell'unica risposta degna di rilievo.

La donna agitò la mano. – Una? 'Sa quante erano! Ogni cincu minuti cangiava zita, 'ddu vastaso. E tutte alla fine ci chiangevano appresso e l'andavano assicutando a destra e sinistra.

– Signora Pina, – la riprese la nuora. – La scusi, dottoressa, è sconvolta e non sa quello che dice.

La suocera non si smosse. – Tu me lo contasti, non te lo ricordi?

– Ma che c'entra questo, ora –. La povera donna cercò di convincerla, ma pareva sfinita. Dalla suocera o dal dolore per la morte del marito? Vanina faticava a immaginare quale delle due componenti avesse prevalso nel prostrarla in quel modo.

– 'Na vota una si stava ittannu macari dalla finestra, pirchí iddu l'aveva lassata, – continuò la signora Paratore, imperterrita.

– Perciò secondo lei una donna potrebbe aver voluto uccidere Giacomo Villari per gelosia, – sintetizzò la Guarrasi.

La signora calò la testa una volta, secca.

– Sissignora.

Vanina inserí mentalmente quella possibilità, seppur remota, tra i verosimili moventi.

L'ispettore capo Carmelo Spanò riaccompagnò i familiari delle vittime al portone. La giornata d'inferno per quei poveretti ancora non s'era conclusa. Scortati da Lo Faro e da Ristuccia, almeno quattro di loro dovevano affrontare la prova piú straziante: il riconoscimento del cadavere nella camera mortuaria in cui era stato trasferito.

Lentamente, gli occhi sul telefono, Spanò risalí le scale. Lungo il corridoio si fermò di tanto in tanto, leggendo il display col sorrisetto sotto i baffi, ancora quasi tutti neri. Con lo stesso sorrisetto e gli occhi sempre sul telefono, senza accorgersene infilò la porta della Guarrasi.

Vanina lo guardò divertita.

– Spanò.

L'ispettore sollevò lo sguardo, senza smettere di sorridere.

– Sí, dottoressa? – La voce vellutata, che manco pareva la sua.

Marta, che se ne stava seduta accanto alla capa, soffocò una risata.

– È allegro? – chiese Vanina, sorniona.

L'ispettore s'imbarazzò. Di corsa rimise il telefono nella tasca dei jeans.

– Io? No. Insomma... normale.

Vanina non resisté.

– La zita che dice? – A giudicare dall'aspetto, il filo di abbronzatura, il baffo piú curato, i capelli freschi di barbiere, l'inaspettata liaison di Carmelo Spanò con Valentina Di Bartolo, conosciuta nel corso di un'indagine, doveva andare a gonfie vele.

L'imbarazzo dell'ispettore aumentò.

– Tutto bene, dottoressa.

Aveva cercato in ogni modo di non farsi sgamare, ma con Valentina era impossibile. Espansiva com'era, lo baciava davanti a chiunque senza crearsi troppi problemi. E a essere sinceri non si poteva dire che la cosa gli dispiacesse. Certo, come fosse possibile che una carusa di trent'anni, bedda e intelligente, si fosse innamorata di un cinquantasettenne incasinato come lui, restava un mistero cui non sapeva dare risposta. Ma cosí era.

Vanina sorrise.

– Bene, sono contenta.

E lo era veramente. Aprí il cassettino della cioccolata, che iniziava a scarseggiare. Tirò fuori una delle tre tavolette di fondente al settanta per cento che le erano rimaste. La offrí ai due ispettori, che accettarono, e appuntò su un altro post-it che doveva ricordarsi di rimpinguare le scorte.

– Si vede che non c'è il commissario, – fece Spanò, indicando il cassettino mezzo vacante.

Vanina annuí, malinconica.

– Vero, ispettore. Si vede. E non solo per la cioccolata che manca –. Appena salita in macchina l'avrebbe chiamato.

Si strofinò gli occhi e la fronte con la mano. Guardò l'orologio.

– Ridendo e scherzando si fecero le otto e mezzo.

Era stanca. La settimana di pseudo-ferie a Palermo l'aveva provata piú di un mese di superlavoro a Catania. Le incomprensioni con Paolo, la partecipazione esterna alla squadra speciale della Catturandi, che da mesi lavorava per stanare il boss Salvatore Fratta detto Bazzuca, l'ultimo dei killer di suo padre ancora latitante. Le sere che parevano non diventare mai notti, piú lunghe del solito. Piú insonni del solito.

– Iurnata lunga fu, dottoressa. Se ne vada a Santo Stefano e si riposi un poco, – le suggerí Spanò.

– Devo ancora chiamare la fidanzata di Villari. Sperando che si sia ripresa.

– Posso chiamarla io, – si offrí Marta. Spanò calò la testa due volte, concorde.

Vanina non obiettò. A dirla tutta, si sentí sollevata.

Prese il telefono e girò a Bonazzoli il numero che le aveva mandato Ristuccia.

Mentre si infilava la giacca di lino beige leggera, che con quel caldo aveva il solo fine di nascondere la fondina e la Beretta onnipresenti, bussarono alla porta. Il sovrintendente Nunnari entrò, il passo piú veloce che gli anfibi pesanti gli consentissero, vestito che pareva paracadutato da un aereo da guerra americano. Le mostrine sole gli mancavano.

– Posso, dottoressa?

– Oh, Nunnari, vieni.

Il poliziotto s'avvicinò.

– Ho già i tabulati di tutti i telefoni.

Spanò lo guardò male. Ora ora aveva convinto la capa che doveva riposarsi, e iddu s'appresentava con una notizia del genere.

Vanina si stupí. – Tutti e sette?

– Signorsí.

– Terrasini è una sicurezza, – commentò la Guarrasi, soddisfatta. L'aveva chiamato appena prima di entrare in ufficio, e gli aveva chiesto di accedere ai tabulati delle vittime. Il pm era d'accordo con lei. Era pressoché certo che si trattasse di sette omicidi. Le autopsie e i rilievi della Scientifica avrebbero solo corroborato l'ipotesi. Il dottore Calí aveva garantito che avrebbe fatto in fretta, Manenti aveva promesso celerità, ma quelle prime ore erano troppo preziose per non iniziare ugualmente a indagare.

– Vabbe', ora Fragapane e io ci lavoriamo, che siamo di turno, e domani mattina le facciamo rapporto, – assicurò Spanò.

Vanina capí che la sua stanchezza doveva essere palese.

Si aggiustò la giacca, sistemò la fondina e abbandonò il campo.

6.

La fila di auto che saliva verso i paesi dell'Etna iniziava da prima dell'uscita dal raccordo autostradale per Catania centro, inerpicandosi lungo la rampa dalla quale era necessario transitare se si voleva raggiungere Santo Stefano. Luglio, il caldo, la passione insana dei catanesi per quella *muntagna*, capricciosa e importuna, che consideravano alla stregua di un nume tutelare della città. Una passione che, in tutta franchezza, Vanina faticava a comprendere. Ma, del resto, che poteva capire lei? A Catania ci viveva bene, ma palermitana era, e tale restava. Inutile convincersi del contrario. Tutt'al piú poteva considerarsi un'ospite. Si sperava gradita.

Alla cena doveva pensarci Adriano, che probabilmente era a Santo Stefano da almeno un'ora. Per evitare che rimanesse fuori ad aspettarla, gli aveva dato le chiavi di casa sua. E lui, per sdebitarsi dell'ospitalità che gli offriva oramai sempre piú spesso, cosí aveva detto, sarebbe passato dal bar *Santo Stefano* e si sarebbe fatto preparare da Alfio, oltre alle solite pizze siciliane, un adeguato numero di *arancine*, accettando perfino di usare il femminile per non scontentarla. Piú una vaschetta di gelato.

Vanina non si sentiva affatto creditrice, anzi. L'aveva detto lui: erano nella stessa barca. Tanto valeva remare insieme.

Nell'attesa che la fila scorresse, a passo d'uomo sulla rampa dell'uscita Paesi Etnei, le venne in mente che non aveva ancora ragguagliato il commissario. Prese il telefono che aveva appoggiato nel vano portaoggetti e lo chiamò.

Patanè rispose subito.

– Dottoressa, – bisbigliò.

Di riflesso bisbigliò pure lei.

– Commissario. Mi scusi, è troppo tardi?

– No no. Aspittassi che esco dalla stanza. Angilina s'addormentò ora ora –. Un attimo di silenzio, poi: – Ecco, m'assittai nel salottino –. Il tono di voce era salito leggermente.

– Come sta Angelina? – s'informò Vanina.

– Sempre meglio. E le giuro che manco mi pare vero.

– Ha sentito che ha detto Federico? Tra poco se ne potrà tornare a Catania a fare la vita di sempre.

– Magari evitando le alzate d'ingegno di cui sappiamo che è capace, – scherzò il commissario.

Vanina rise, stringendo tra i denti la sigaretta che si stava accendendo.

– Tipo rischiare di farsi sparare addosso pur di tenderci un agguato? – Era stata memorabile, quella volta. Era spuntata dal nulla, in un momento di massima tensione, convinta di beccare il marito in flagrante adulterio, e s'era ritrovata tre pistole puntate contro. Meno male che la Guarrasi, Bonazzoli e Patanè avevano buoni riflessi, altrimenti non sarebbero stati lí a parlarne.

– Cose dei pazzi. Nun mi ci facissi pinsari!

Minuziosamente, Vanina riportò gli sviluppi della giornata, compreso il saluto che Tito Macchia gli mandava.

– Ricambi da parte mia. Spiramu che non lo trasferiscano troppo presto. Dove lo trovo un altro primo dirigente che accetta di vedere un vicchiareddu furriare uffici uffici appresso alla capa della Omicidi?

– Ma quale vicchiareddu, commissario. Lei è una colonna portante della mia squadra.

– Se, vabbe'. La colonna rotta, – rise Patanè. Poi si ricompose: – Parramu di cose serie, va'. Perciò sicunnu lei le confezioni del latte di mandorla erano bucate da qualche parte.

– Bucate erano bucate sicuro, quello che dobbiamo appurare è se il cianuro è stato introdotto cosí.

– Se non vogliamo pensare che glielo mise uno degli impiegati della Lavinalmond, questa mi pare l'unica possibilità.

Vanina cadde dal pero. E che era 'sta Lavinalmond?

– Come l'ha chiamata, commissario? Lavi?

– Lavinalmond. È il nome dell'azienda di Lavinaio. Pirchí, non lo sapeva?

– Vero stanca devo essere, commissario, se manco

ho chiesto informazioni sull'azienda che ha prodotto il latte di mandorla incriminato. Per giunta di proprietà della vittima piú illustre.

– Se fosse illustre, il cavaliere Lavinaio, non glielo so dire. Però so che era una persona in gamba. Un imprenditore capace assai, ca si fici 'na posizione dal nulla.

– Cavaliere?

– Sí sí, cavaliere del lavoro, nominato dal presidente Ciampi 'na chinnicina di anni fa.

Vanina riuscí finalmente a ingranare la marcia e partire. La rampa s'era svuotata all'improvviso.

– Ma come le sa lei tutte 'ste cose, commissario?

– Ca come le so, dottoressa. Un imprenditore di quel livello, a Catania, sicunnu lei prima o poi non si trova sotto tiro? All'epoca il pizzo non lo denunziava nessuno. A Lavinaio lo sgamammo noi della Mobile mentre assicutavamo il picciotto che riscuoteva. Il padre, che io conoscevo perché da picciriddu ero sfollato nelle campagne vicino a quella dove abitava lui, mi chiese di aiutarlo.

– E come finí? – domandò Vanina, guardinga. Stai a vedere che pure stavolta c'era da andare a rovistare nel passato.

– Finí che per grande fortuna di Lavinaio i suoi estorsori si ficiru fora tra iddi. O meglio: la famigghia mafiosa che lo taglieggiava si estinse per intero, a colpi di kalashnikov, per mano della famigghia nemica, che a sua volta finí sutta terra. Gli anni Novanta erano, dottoressa. Lei ne sa qualche cosa.

– Qualche cosa. Un'esperta sono, di quel periodo di merda –. Si fermò. – Scusi, commissario.

Patanè si diede dello scimunito. Ma come gli era venuto per testa di fare un riferimento cosí diretto.

– No, mi scusi lei, dottoressa.

Sapeva benissimo che l'assassinio dell'ispettore Giovanni Guarrasi era avvenuto proprio a colpi di kalashnikov e proprio in quel periodo. Ma soprattutto sapeva che per la sua amica era ancora una ferita aperta, che non riusciva a guarire.

– E di che? La verità è –. Vanina scosse la testa per resettare i pensieri. – Tornando a noi: non è che Lavinaio era tuttora vittima di qualche estorsione?

– Ah, questo non lo so. Subito dopo, che io ricordi, non successe piú niente. Tant'è vero che smettemmo macari di proteggerlo. Il boss che si pigliò la piazza non rinnovò l'estorsione. Forse se lo scordò, – scherzò Patanè.

– O forse sapeva che l'avevate già sgamato e non voleva camurríe con la polizia.

– Mah, – fece Patanè, poco convinto.

– Comunque il bersaglio secondo me doveva essere uno. Gli altri sei ci capitarono nel mezzo.

Adriano Calí aveva coscienziosamente mantenuto le promesse. Carico di viveri che pareva dovesse sfamare una famiglia per due giorni, aprí il cancelletto di ferro, salí su per la rampa di scale, attraversò un pezzo di giardino e s'avviò verso la porta d'ingresso della dépendance in cui abitava Vanina. Sistemò il gelato nel congelatore e le birre nel frigorifero, vuoto che se uno parlava capace che si propagava l'eco. Spalancò tutte le finestre e la vetrata del soggiorno. La brandina dove per un mese e passa aveva dormito Costanza era rimasta lí, pronta per le emergenze. La sua quella sera lo era. Non aveva nessuna voglia di chiudersi da solo nella casa che divideva con Luca, immaginandolo in chissà quale pericolo. Uscí e si piazzò sulla verandina con vista sull'Etna, in attesa che l'interno si rinfrescasse. Dopo una settimana di caldo torrido, in cui si sopravviveva solo con i condizionatori accesi ventiquattr'ore su ventiquattro, la temperatura serale era tornata gradevole. Distese le gambe in avanti e si mise in contemplazione della muntagna. Fumava? Non fumava? La domanda piú gettonata nell'hinterland catanese.

Manco cinque minuti passarono che sentí bussare alla porta.

Controllò l'orologio, meravigliato. – Cosí presto fece? – Il messaggio con cui Vanina gli comunicava di essere uscita dalla Mobile risaliva a non piú di dieci minuti prima. Nove, per essere precisi.

Guardò attraverso lo spioncino. Un viso tondo, sorridente, occupava la visione in toto.

– Bettina! Pensavo che fosse fuori, – disse Adriano, aprendo la porta.

La donna fece un piccolo sobbalzo, poi il sorriso s'allargò di nuovo.

– Dottore, perciò lei è. Ora ora rientrai. Visti le luci accese e pinsai che la dottoressa Guarrasi era tornata.

Lo abbracciò, col solito calore affettuoso.

– È tornata, è tornata. A lei sto aspettando, – la rassicurò Adriano.

La donna sbirciò la cucina con la coda dell'occhio. Vide il vassoio incartato sul tavolo.

– Ma che accattò la cena? – Uní le mani, contrariata. – Perché non me lo disse? Le facevo trovare qualche cosa di cucinato, invece di mangiare pizze.

Adriano alzò le mani. – Siciliane e arancini, veramente. Anzi, siccome ne ho comprati un poco assai, che dice, vuole favorire pure lei?

Vanina s'attaccò invano al citofono di Bettina. Possibile che Adriano non sentisse? Non leggeva i messaggi, non rispondeva al telefono né al citofono.

Tese l'orecchio e le sembrò di sentire delle voci. Se non si trattava di allucinazioni, che tra fame e stanchezza non erano da escludere, il brusio pareva provenire dal giardino. S'arrese all'unica opzione rimasta, poco elegante ma efficace. Arretrò di un passo, le mani a coppa ai due lati della bocca.

– Adriano! – urlò.

Invece dell'amico le rispose Bettina.

– Aspittassi, dottoressa! Sto arrivando!

Vanina sentí lo scatto del cancelletto. Lo spinse, col borsone in spalla, e si ritrovò la vicina davanti.

– Bettina, buonasera.

– Dottoressa, bentornata –. La vicina la serrò in un abbraccio stretto, che odorava di zucchero a velo. Rassicurante, quasi taumaturgico.

– Ma l'amico mio non arrivò? – chiese Vanina, preoccupata. Le aveva risposto al messaggio WhatsApp, ormai piú di tre quarti d'ora prima, dicendo che aveva appena ritirato la cena da Alfio.

– Certo ca arrivò.

– E perché non mi risponde, allora? – protestò, seguendo Bettina su per la rampa esterna.

– Lo deve scusare, dottoressa, non è colpa sua: p'aiutare a mmia dovette ampulicare supra 'na scala.

Giornata era, di scale. Quanto tempo era trascorso dal momento in cui c'era salita lei, a Castelbuono, quella mattina? Ore. Eppure le sembravano giorni.

Appena mise piede in giardino, non ebbe bisogno di altre spiegazioni. In bilico su una scala che tutto pareva tranne che solida, appoggiata alla grondaia della dépendance, una cesoia in mano, Adriano Calí cercava di arrivare al tronco del rampicante che stava invadendo la facciata di Bettina.

– Guarrasi, non mi guardare cosí perché se rido mi sdirrubbo, – disse.

– Perché, come ti sto guardando?

Adriano allungò la mano piú che poteva e *zac*, taglio netto.

– Ohhh, 'sto cornuto, – borbottò.

– Dottore, lei non sa che cortesia mi fece –. Bettina lo guardava con gratitudine. – Decimila euro spesi, p'assistemare il tetto. L'acqua dentro pioveva, alla dottoressa. Tutto per colpa di 'sto rampicante che scassò la guaina e s'infilò macari sotto le tegole. Manco il tempo e già s'infilò di nuovo.

– Bettina, lo deve fare tagliare da sotto, altrimenti risalirà sempre, – consigliò Adriano, mentre metteva l'ultimo piede a terra, sano e salvo.

– Gregorio lo tagliò, prima dell'estate.

– Forse va estirpato, – concluse Vanina, definitiva.

I due la guardarono ammammaluccuti.

– Perché, che dissi?

Adriano mosse la testa a destra e a sinistra con rassegnazione.

– Niente, tu con le piante sei sciarriata proprio.

Bettina rise. Il pollice nero famoso della dottoressa Guarrasi.

Entrarono tutti e tre in casa di Vanina.

– Bih, che bella corrente, – fece la vicina.

Le finestre aperte da Adriano avevano creato un movimento d'aria che sembrava di stare all'aperto.

– Bettina, ora o mai piú: che fa, resta a cena con noi? – ribadí Adriano, scambiando un'occhiata con Vanina.

La donna esitò.

– Ma mi pare male. Capace che volete parlare delle cose vostre.

Un po' osservandoli, un po' ascoltandoli, un po' per conoscenza diretta dei loro rispettivi compagni, la vicina aveva intuito benissimo la situazione sentimentale di quei due. Sapeva che erano combinati una peggio dell'altro, e se ne dispiaceva.

Vanina la prese per un braccio.

– Amuní, Bettina, una volta tanto che riesco a fregarla sul tempo. Chissà quando ricapita.

– Chistu è poco ma sicuro. Mi fregò perché non m'avvertí che sarebbe tornata, se no a 'st'ura qualche cosa di preparato glielo facevo trovare, – le scappò. Dalla faccia si capiva che non avrebbe voluto ammetterlo. In quei due anni di vicinanza, per sopperire all'assoluta incapacità di Vanina di prepararsi anche solo un piatto di pasta, la vicina aveva trovato ogni giorno un escamotage diverso. Una volta perché aveva sbagliato in eccesso le quantità, una volta perché le veniva la malinconia a cenare da sola, una volta perché c'erano le amiche del burraco – affettuosamente soprannominate dalla Guarrasi «le vedove» – aveva sempre qualche cosa da offrirle. Un gioco delle parti che Vanina apprezzava assai.

– Appunto, perciò approfittiamo di questa rara occasione.

Bettina non seppe piú come replicare e capitolò.

Adriano aveva esagerato per davvero. Quattro siciliane piú sei arancini – o arancine che dir si volesse – non erano cosa da potersi dividere in due, nemmeno in caso di fame lupigna com'era la loro in quel momento. Anche in tre, alla fine, qualcosa era avanzato.

– L'arancini 'i sistemasse nel congelatore, dottoressa, – suggerí Bettina, che non poteva fare a meno di rassettare subito. Tra lei e Adriano, che stava già lavando le coppette del gelato, Vanina si sentí in imbarazzo. Fosse stato per lei, sarebbe rimasto tutto com'era fino al giorno in cui sarebbe venuta Inna, la ragazza che aiutava Bettina in casa e che due volte alla settimana passava qualche ora anche da lei. Manco il tempo le diedero di avvicinarsi alla cucina che già avevano messo a posto tutto.

La sigaretta accesa, la mano nella tasca dei pantaloni, Vanina si diresse alla libreria che occupava la parete intorno al televisore. Accarezzò con un dito il portafotografie da cui suo padre la guardava.

– Hai visto, papà? Sono stata nella casa di Castelbuono, – gli mormorò, approfittando del chiacchiericcio continuo che teneva impegnati Bettina e Adriano. Le sembrò che il sorriso sotto il berretto d'ordinanza si fosse allargato, ma che rimanesse un'ombra. Cosa l'aveva causata? Cosa lo preoccupava? Amaramente Vanina si rispose senza nemmeno doverci riflettere. Prese il telefono dal tavolino accanto, su cui l'aveva posato. Nessuna notifica. Fissò lo schermo mentre finiva la sigaretta, rimirando l'immagine che ogni volta la colpiva peggio di una sberla e che, nonostante ciò, da anni non riusciva a sostituire. Quel mare, quella scogliera. L'Addaura.

Adriano la riscosse dall'ipnosi.

– Film? – chiese, sfregandosi le mani. – Possibilmente datato di almeno cinquant'anni, come piace a noi.

Vanina si voltò a guardarlo, sorpresa.

– Adri, ma non sei distrutto? Prima in barca con Giuli, poi l'abbordaggio, poi sette cadaveri da ispezionare. Da stamattina alle nove non ti fermasti mai, manco per una doccia o per un panino –. Per non parlare del resto.

Adriano scrollò le spalle. – Vabbe', ma ora la doccia me la sono fatta e mi sono ampiamente rifocillato. Stanco sono, certo, ma non mi dispiacerebbe distrarmi un poco. Che dici? – Alzò il bicchierino dell'amaro verso la libreria piena zeppa di Dvd.

Vanina accettò. – Va bene. Ma il film lo decido io.

Distrutta era, pure lei, ma sonno non ne aveva per niente. Anzi non vedeva l'ora di buttarsi sul divano e spegnere la mente davanti a una vecchia pellicola. Magari addormentarcisi pure, com'era capitato tante volte, anche insieme a lui.

Bettina stavolta non s'aggregò. Era reduce da un lungo pomeriggio di burraco, e il letto la chiamava. Li salutò e se ne tornò nell'edificio principale con tre gatti appresso.

Vanina scartabellò nella sua lista di film in cerca di ispirazione. Come era meglio scorrerla? Per regista? Per attore?

– Basta che ci rilassiamo, però, Vani. Non sono in vena di storie drammatiche.

Adriano sfondava una porta aperta.

– Figurati io, – lo rassicurò.

Monicelli? Risi? Comencini? De Sica? Si confuse. Fellini? No, Fellini esigeva piú attenzione, quella sera non era cosa. L'occhio le cadde su un Dvd che ricordava vagamente. *Donatella*. Regia di Monicelli. Cast di tutto rispetto. Una storia che piú leggera e allegra non poteva essere.

Adriano aveva già inforcato gli occhiali.

Si piazzarono entrambi sul divano grigio, ognuno al proprio posto.

Le immagini inseguivano la figura di una ragazza che attraversava a piedi mezza Roma. Una voce narrante introduceva la storia.

Rimasero immobili, scena dopo scena, immersi nel lontano 1956. Donatella Guiscardi - Elsa Martinelli, ragazza povera ma onestissima che per un colpo di fortuna si ritrova in un ambiente diverso dal suo e si finge quella che non è; Maurizio Del Pra - Gabriele Ferzetti, giovane ricco ma altrettanto serio; Guido - Walter Chiari, un fidanzato meno sciocco di quanto si pensi. Un padre saggio interpretato da Aldo Fabrizi. Intorno, una serie di personaggi colorati, con la partecipazione di Abbe Lane e Xavier Cugat.

Donatella e Maurizio erano ancora al primo appuntamento quando il telefono di Vanina si risvegliò di colpo. Il suono di una notifica WhatsApp la fece scattare verso il tavolino. La delusione con cui lesse il messaggio di Giuli dovette essere parecchio evidente.

– Non è Paolo, vero? – indovinò Adriano.

– No, è Giuli.

– Che vuole, quella pazza scatenata? – chiese lui, sorridendo.

– Niente, sapere com'è finita al porto dopo che se n'è andata.

– E come doveva finire?

Vanina digitò una risposta vaga e la buonanotte. Gettò il telefono sul divano, tirò fuori una sigaretta e se l'accese.

– Vuoi parlarne un poco? – azzardò Adriano. Su Paolo Malfitano non riusciva mai a cavarle piú di due parole in croce. Cosí succedeva anche a Giuli. Oltre un certo limite non si andava. L'unico con cui Vanina si confidava veramente, e dal quale accettava consigli, era il commissario Patanè.

– E di cosa? Della mia coglionaggine?

Adriano capí che la cosa doveva essere piú seria della solita schermaglia, cui ormai era abituato. Lei che non si decideva a dichiararsi la compagna di Malfitano, come di fatto era tornata a essere, e Malfitano che mordeva il freno. Stavolta, dalle mezze parole che le aveva scippato, aveva desunto che la colpa della nuova crisi fosse di Paolo. E invece?

– Ma perché, che combinasti?

Vanina non rispose. Tanto aveva tirato la corda che stava rischiando di vederla sfilacciarsi giorno dopo giorno. Poteva stupirsi che ora fosse Paolo a volere del tempo per riflettere? Ma soprattutto, poteva dargli torto?

– Lasciamo perdere, Adri. Vediamo come va a finire a Donatella, che ci risolleviamo il morale. Se no stanotte è sicuro che non chiudo occhio.

Adriano non insisté. Riavviò il film, che aveva bloccato. 'Nsamai si perdevano una battuta.

– Talè: due disperati paremu, – scherzò. Lui rannicchiato da un lato, abbracciato a un cuscino, lei con la testa abbandonata sulla spalliera e l'ennesima sigaretta accesa.

Si concentrarono sulla storia. Un po' per volta, scena dopo scena, la stanchezza li assalí. Sul finale, con Donatella che raggiungeva Maurizio, entrambi cedettero al sonno di colpo.

7.

Vanina aprí gli occhi alle sette e mezzo, quando la vecchia sveglia che teneva in cucina prese a suonare senza tregua. Si alzò dal divano dolorante e si trascinò fino alla mensola su cui l'aggeggio infernale era posizionato. Se aveva sentito per prima quella, significava che aveva bellamente ignorato le due precedenti, impostate sul telefono. Controllò l'iPhone e si accorse che era spento. Scarico da chissà quante ore. Da scimunita che era, presa dai mali pensieri, la sera prima s'era scordata di metterlo in carica.

Adriano emerse dalla brandina, su cui s'era buttato intorno alle tre.

– Minchia che tardi, – bofonchiò, guardando l'orologio appeso al muro. Si sedettero al tavolino della cucina, che ospitava al massimo due persone. In trance si scolarono due caffè a testa, uno da solo e l'altro col latte. Adriano ne aggiunse pochissimo, giusto il necessario per inzuppare un paio di biscotti. Vanina lo versò in una tazza di quelle grandi, che bevve fino all'ultima goccia dopo aver fatto fuori mezza confezione di frollini al cioccolato.

Uscirono di casa mezz'ora piú tardi. Adriano recuperò la Smart e partí diretto alla sala settoria, dove lo attendevano sette «pazienti» da valutare. Vanina s'incamminò verso il bar *Santo Stefano*.

Alfio, il proprietario del bar, la salutò da dietro il bancone.

– Dottoressa, bentornata!

– Alfio, come sta?

– Stanco morto ma mi difendo.

– C'è confusione assai? – Era una domanda retorica. La fila certe volte iniziava appena piú avanti di casa sua.

– Uff, un popolo! 'A matina per le granite, 'a sira per le siciliane. Per non parlare del weekend.

– Se lo merita.

– Grazie, dottoressa. Com'erano le siciliane e gli arancini di ieri sera? Al dottore Calí glieli passai direttamente dalla porta sul retro, se no la gente che aspettava l'avrebbe assicutato.

– Buonissimi erano, come al solito.

Alfio annuí, soddisfatto.

– Che le do, una granita e una brioche?

– Magari. In ufficio me ne devo andare.

– Ho capito. Raviola? Cornetto?

– Facciamo un paio di cornetti. Uno vuoto e uno alla crema. E aggiunga una brioche, di quelle con lo zucchero sopra –. Una variante di quelle col tuppo che faceva solo lui.

Mentre il ragazzo incartava, senza che lei glielo chiedesse Alfio le preparò il solito cappuccino. Una colazione «invernale», diceva lui, che purtroppo era l'unica trasportabile. Una volta Vanina ci aveva provato, a portarsi appresso granite e brioche. Ma nonostante la borsa termica, tra la strada e la ricerca del parcheggio, le granite erano arrivate in ufficio squagliate.

Salutò e s'avviò verso la Mini, parcheggiata sotto casa.

Con le scuole chiuse, il percorso da Santo Stefano al centro storico di Catania si velocizzava assai. In venti minuti scarsi era già in piazza Pietro Lupo. Miracolosamente, sul lato opposto al marciapiede della Mobile, interdetto al parcheggio, un posto sulle strisce blu era libero. Ci si infilò lesta.

La colonnina per pagare la sosta era mezza rotta, cosí Vanina si guardò intorno alla ricerca di un altro esemplare e non ne trovò.

– Ma vedi tu, – iniziò a santiare. Premette qualche pulsante sperando che si attivasse. Niente.

– La scassarono ieri sera, – sentí dire dietro di sé. Si voltò di scatto.

– Oh, Spanò. Buongiorno.

– Buongiorno, dottoressa –. L'ispettore indicò la colonnina. – Ogni giorno ne scassano una. Sotto casa mia la sradicarono proprio.

Vanina scosse la testa. – Per pigliarsi quattro piccioli.

– O per puro vandalismo. E nun sacciu cos'è peggio.

– E ora? – chiese Vanina.

– Pigli la paletta e la piazzi sul cruscotto. Accussí

chiddi ca furriano per mettere le multe sulle strisce blu capiscono che è polizia e multa non gliene fanno.

Lo guardò storto.

– Non mi piace 'sto sistema, Spanò –. Usare palette e sirene senza motivo le dava fastidio già con l'auto di servizio. Figurarsi poi con la sua personale, che non ne aveva nessun diritto.

L'ispettore allargò le braccia.

– Allora l'unica è spostarla, dottoressa.

Vanina lo salutò e risalí in auto. Girò tre volte intorno all'isolato, allungò fino a via Vittorio Emanuele, svoltò per piazza San Placido, costeggiò il retro di Palazzo Biscari. Proprio accanto al portone del palazzo c'era un mezzo posto. Tentò di entrarci ma era impossibile. Tornò verso la Mobile, sperando in un colpo di fortuna. Una Nissan grigia si stava infilando nel posto sulle strisce blu che aveva appena lasciato lei. Vide Giustolisi, il collega a capo della sezione Criminalità organizzata, uscire dall'auto e avvicinarsi alla colonnina.

Lo guardò. – Vediamo che fa.

Il vicequestore non si scompose. Tornò verso la sua auto, aprí lo sportello, tirò fuori dal vano laterale una paletta segnaletica della Polizia di Stato e la piazzò sul cruscotto. Chiuse lo sportello e si diresse alla Mobile.

Cartoccio del bar in mano, passo piú pesante del solito, Vanina attraversò il corridoio alle otto e cinquanta minuti, santiando contro l'universo creato, e s'infilò nella sua stanza talmente di corsa da non accorgersi che la temperatura all'interno sfiorava i dieci gradi.

– Minchia, i pinguini ci sono qui dentro, – tuonò. Afferrò il telecomando del condizionatore e lo spense. Non aveva bisogno di chiedere di chi fosse stata l'alzata d'ingegno. – Lo Faro! – urlò.

L'agente scelto si precipitò, facendosi tutto il corridoio in derapata, convinto che nessuno lo vedesse. Proprio in quel momento Macchia uscí dalla porta del suo ufficio con Giustolisi appresso.

– Lo Faro, qualche volta ti finisce male, lo sai, vero? – lo minacciò il Grande Capo.

Il ragazzo diventò bordeaux.

– Scusi, dottore, scivolai, – cercò di giustificarsi.

Vanina si affacciò sulla porta.

– Lo Fa... Buongiorno, Tito.

– Ciao, Guarra'.

Giustolisi abbassò la testa in segno di saluto. – Guarrasi.

– Giustolisi. Vedo che ti sei rimesso.

– Ancora non sto benissimo, ma sono operativo –. Fece un sorrisetto di quelli che smuovevano i nervi. Si toccò la schiena a indicare la causa dei suoi mali.

A Vanina Giustolisi ispirava una solenne antipatia, temperata solo dalla consapevolezza che, finché fosse stato a capo della sezione Criminalità organizzata, le avrebbe evitato la scomoda situazione di trovarsi in lizza per quel ruolo, che Macchia – e purtroppo non solo lui – riteneva piú adeguato alle sue alte competenze.

– Lo Faro, – sbottò la Guarrasi.

– Eccomi, capo.

Lo incenerí con lo sguardo.

Macchia non se la tenne. – Statt' accorto, guaglio', che se fai troppo il fesso ti revoca il permesso di chiamarla cosí.

Lo Faro ammutolí.

– Entra, – gli intimò Vanina.

Il ragazzo obbedí. Attaccato allo stipite, per evitare di sfiorarla, scivolò nell'ufficio. Fu assalito da un brivido e si strinse il petto con le braccia, confuso.

– Ti stai arricriando?

L'agente abbassò la testa.

– Scusi, dottoressa.

Una causa persa era.

– Apri il balcone, va'.

Lo Faro eseguí di corsa.

– Recidivo sei.

– Ragione ha, dottoressa. È che, col caldo che c'è, stavolta pensavo di farle cosa gradita rinfrescandole la stanza. Le giuro che non succederà di nuovo.

Era piú forte di lui: la tentazione di compiacere i superiori travalicava qualunque ragionamento. L'abitudine di inseguire il Grande Capo col caffè, per fortuna, gli era passata subito. Il tempo di rendersi conto che Macchia non era tipo da apprezzare i leccapiedi.

– Altro che rinfrescare, il piumino ci voleva –. Gli mostrò il telecomando del condizionatore, settato alla minima temperatura.

Il ragazzo si batté la mano sulla fronte.

– Madunnuzza, ma non è che rimase cosí da ieri l'altro, quando lo provarono quelli della manutenzione?

Vanina glissò. L'aria esterna stava già stemperando il freddo.

– Facciamo una cosa, Lo Faro: se ricomincia il caldo forte e ho bisogno di trovare la stanza fresca te lo chiedo io. Ma guai a te se abbassi oltre ventiquattro gradi, va bene?

– Certo, capo... Posso chiamarla ancora capo, vero?

Vanina sorrise.

– Levati dai piedi, va'.

Rinfrancato l'agente se ne tornò nell'ufficio accanto, quello denominato da Vanina «stanza dei carusi». Uscendo quasi si scontrò con Spanò, che entrava in quel momento.

– Chi cumminò? – chiese l'ispettore.

Vanina non infierí.

– Niente, ispettore. Le fesserie sue.

– Friddu c'è qua dentro, – osservò Spanò.

– Eh, – fu il commento di Vanina, che valse piú di una spiegazione.

L'ispettore scosse la testa, rassegnato.

– Niente, uno pensa che è migliorato, ma sempre scimunito resta.

– Ma no, invece è migliorato. Ogni tanto gli scappa la frizione.

– E fa minchiate.

Vanina tirò fuori l'incarto del bar *Santo Stefano*. Bevve il cappuccino e offrí a Spanò il contenuto del vassoietto. Alfio aveva aggiunto a piacere suo un'altra brioche in omaggio. Spazzolarono i due cornetti e una brioche, e lasciarono l'altra per dopo.

S'accesero ognuno la propria, vietatissima, sigaretta.

– Allora, che mi conta? – chiese Vanina.

Spanò mise sulla scrivania un fascio di fogli pinzettati alla maniera di Fragapane, segno che anche il vicesovrintendente ci aveva lavorato.

– Perciò, dottoressa: i tabulati telefonici delle sette vittime, scusi il termine, sono un grande casino. Solo ieri mattina fecero e ricevettero almeno una decina di telefonate, con la gente piú disparata. L'ultima che ricevette Villari fu quella di Pietro Lavinaio, alle nove meno un quarto. Una chiamata breve.

– Possiamo immaginare che volesse avvertirlo del suo arrivo. Gli ormeggiatori dissero che s'imbarcò all'ultimo minuto, – suggerí Vanina.

– Probabile.

– Lavinaio padre?

– Tutte telefonate con i suoi dipendenti. Le ultime due da parte di Turro Salvatore e Parrinello Valentina.

Vanina lo vide soffermarsi sul secondo nome, lo stesso della sua nuova fidanzata. S'impose di non sorridere.

– I due assistenti di cui ci parlava la moglie, – ipotizzò.

– Esattamente, iddi.

– Mentre il figlio? Chi chiamò?

– Il figlio è quello con meno chiamate, eseguite e ricevute. Ce ne sono anche un paio senza risposta, e sono di sua madre. Poco dopo le dieci.

– Alle dieci poteva essere già morto.

– Il dottore Calí disse che quando salí in barca lui i poverazzi erano morti come minimo da un'ora, se non di piú.

– E di 'sti poverazzi che sappiamo? A parte quello che ci hanno raccontato i parenti.

– Ci stanno lavorando Nunnari e Bonazzoli. Glieli chiamo?

– Sí, grazie, li faccia venire.

Spanò uscí e tornò seguito da Marta e dal sovrintendente, che stavolta di mimetico aveva solo la maglietta.

– Allora, picciotti, che mi dite?

Iniziò Bonazzoli.

– Dunque, capo, a carico di Nicosia e di Lo Re dal sistema utente investigativo non è emerso quasi nulla. Un paio di multe, qualche punto decurtato dalla patente. A carico di Paratore c'è stato un procedimento penale, risalente a piú di dieci anni fa, per detenzione e spaccio di stupefacenti. Alla fine risultò che gli stupefacenti, per l'esattezza cocaina, erano per uso personale.

Vanina e Spanò erano dubbiosi.

– Strano che addirittura finí a processo.

– Io approfondirei, – propose Marta.

La Guarrasi approvò.

– Direi che è il caso. Gli altri?

Nunnari si fece avanti.

– Me ne occupai io, dottoressa.

– Che trovasti?

– A carico di Lavinaio figlio niente, giusto una multa per eccesso di velocità sulla Catania-Messina. Lavinaio padre, sei anni fa, ebbe delle richieste di risarcimento da parte di due impiegati che aveva licenziato. Ci fu un procedimento, e alla fine la spuntò lui.

– Hai segnato i nomi dei due?

– Signorsí, signore.

Vanina alzò gli occhi al soffitto.

– Nunnari, ti sembro il sergente Foley?

– Scusi, capo.

– Tu lo sai che a me la tua fissazione cinematografica fa simpatia, ma se ti sente Macchia che mi dici signorsí signore non lo so come la piglia.

– Vero è, ha ragione, dottoressa.

– Perciò i due nomi li hai segnati. Facciamo qualche ricerca su di loro, anche se la vicenda risale a sei anni fa. Lo sapete com'è: in questo momento, tutto può essere utile.

– Certo.

– Di Villari invece che sappiamo?

– Poche cose. Fu denunciato una decina d'anni fa per un incidente in mare, uno scontro tra motoscafi, ma risultò che non l'aveva provocato lui. Invece dieci mesi fa fu lui a sporgere querela nei confronti di una donna, tale Barbara Palazzotto.

– E per che cosa?

– Per stalking, e tentate lesioni personali.

– E come finí?

– Una querela di manco un anno fa, dottoressa? Che fa, babbia? – commentò Spanò.

– Insomma, non finí, – evinse la Guarrasi.

– Ancora… Saranno in fase di indagini preliminari –. Il gesto ampio con cui l'ispettore accompagnò le parole ne rafforzò il significato.

Vanina ruotò a destra e a sinistra la poltroncina, i gomiti sui braccioli, le mani unite, gli indici davanti alla bocca.

– Non so perché, ma su Villari mi aspettavo qualche cosa di simile.

– Forse per quello che ci ha raccontato la madre del Paratore, – suggerí Bonazzoli.

– Sí, probabilmente è cosí.

– Comunque, per la tizia in questione, il giudice ha disposto il divieto di avvicinamento, – precisò Nunnari.

– Utilissimo, – fece Marta, beffarda. – Una sicurezza.

– Vabbe'. Cerchiamo di raccogliere quante piú informazioni possibile su questa Palazzotto. Io intanto chiedo al pm Terrasini di informarsi col suo collega che si occupa del procedimento. Nunnari, chi è?

Il sovrintendente rimase in silenzio. Impreparato.

Vanina gli indicò la porta, rassegnata.

– Amuní, vai a controllare.

Nunnari batté i tacchi, la mano alla fronte.

– Signors… – si bloccò appena in tempo.

– Vai, – gli ripeté Vanina, frenando l'istinto di insultarlo. Lo vide scappare trascinandosi gli anfibi neri, massicci, che facevano caldo solo a guardarli. Come i pantaloni cargo verde militare stretti sotto la pancia, debordante da ogni lato.

– Domani, se mi gira, mi vesto da astronauta, – disse Spanò. – L'autra sira ci siamo visti un film su una missione nello spazio, e mi piacque assai. Se ragionassi come Nunnari domani spunterei cummogghiato dalla testa ai piedi in una tuta bianca.

Vanina sorrise. Ci aveva riflettuto tempo prima. Lei a chi si sarebbe ispirata? Anche stavolta si vide con la pipa in bocca, il panciotto e il cappello, a bere Calvados alla *Brasserie Dauphine*. Il «capo», a cui rendeva omaggio quando si faceva chiamare cosí dai suoi uomini e dalle sue donne. E pazienza se era una donna, e «capa» ci sarebbe stato sicuramente meglio. Un omaggio era un omaggio, e andava fatto per bene.

– Spanò, abbiamo rintracciato il marinaio e la hostess dell'*Almond* che erano sbarcati la sera prima?

– Sí, dottoressa. Li convocai per oggi pomeriggio.

– Come le sono sembrati?

– 'A virità? Sconvolti. Tutti e due. Il marinaio si trova a Giardini Naxos, la carusa invece abita a Catania.

Nunnari tornò nella stanza.

– Il magistrato è il dottore Vassalli, – comunicò.

– Era, casomai, – lo corresse Spanò.

Il sovrintendente restò interdetto.

– Ma perché, defunse?

– No, se ne andò in pensione. Manco tre settimane fa. Se la svignò mentre noi indagavamo assieme a lui sull'omicidio della Boscaiola –. L'ispettore si girò verso la Guarrasi. – Vero, dottoressa?

Vanina allargò le braccia.

– Una persecuzione è. Pure ora che ce n'eravamo liberati.

Il procedimento, naturalmente, era passato di mano. Il nuovo magistrato che se ne occupava si chiamava Eugenio Nardelli.

– Lo conosce, dottoressa? – le chiese Terrasini.

– No, non l'ho mai incrociato.

Il pm colmò quella lacuna con una dovizia di particolari che travalicava il dovere professionale. A Vanina parve brutto interromperlo.

– Persona perbene. È originario di Bergamo. Ebbe la prima assegnazione a Catania e qua rimase. Si sposò con una commercialista, catanese purosangue. Una donna in gamba, che amministra i conti di mezza città.

– Potrebbe farsi dare qualche informazione in merito al procedimento che ha ereditato dal dottore Vassalli? – tagliò corto Vanina. Della situazione famigliare del pm Nardelli le interessava poco.

Terrasini non perse tempo.

– Ci vado subito, ha l'ufficio proprio accanto al mio.

– Perfetto. Mi scusi, dottore, un'altra cosa, – si ricordò.

– Mi dica.

– Sarebbe utile conoscere i movimenti dei sette defunti nelle ultime ore di vita. Soprattutto nella mattinata di ieri.

– Certo, vuole l'autorizzazione al tracciamento dei telefoni. Appena finisco con Nardelli me ne occupo.

– Magari pure quello della Palazzotto? – azzardò la Guarrasi.

Il magistrato ci rifletté sopra. Alla fine accettò.

Vanina chiuse la chiamata e prese in mano i tabulati telefonici che le aveva lasciato Spanò. Si applicò su quelli di Villari. Uno dei numeri ricorrenti apparteneva a Barbara Palazzotto. Tutte chiamate brevissime o senza risposta.

– Perciò questa ancora lo contattava, nonostante la querela.

La maggior parte delle telefonate, in uscita e in entrata, erano invece relative a un numero intestato a Vanessa Furci, la futura moglie.

Le venne in mente che non aveva piú chiesto sue notizie.

Chiamò Bonazzoli.

– Dimmi, capo.

– Ci parlasti poi con la fidanzata di Giacomo Villari?

Marta si sedette.

– Sí, ieri sera. Scusami, poco fa ho dimenticato di raccontartelo.

– Come sta?

– Come vuoi che stia, poveretta. Distrutta. Al telefono piangeva.

– Le hai detto che avremmo bisogno di sentirla, e che sarebbe il caso che venisse qua?

– Gliel'ho detto. Il problema è che il medico le ha severamente vietato di muoversi. A quanto pare, in seguito allo svenimento di ieri, ha avuto una minaccia d'aborto.

– Quindi resterà a Salina.

– Sí.

Vanina sbuffò.

– Bella fregatura.

Parlare faccia a faccia con la fidanzata di Villari sarebbe stato importante. Non sapeva perché, ma tra tutti e sette i morti quello che le pareva piú papabile come bersaglio del presunto assassino – cosí lo doveva chiamare, finché Adriano e la Scientifica non confermavano le ipotesi iniziali – era proprio il comandante.

– Non è che ci toccherà imbarcarci per le Eolie? – chiese Marta.

Vanina alzò le spalle.

– Non lo so –. In realtà proprio a quello stava pensando. – Ma stai tranquilla, nel caso mi porto Spanò.

– Non che mi faccia schifo andare a Salina, eh! – precisò Bonazzoli. – Ma andarci per motivi di servizio non è il massimo, col caldo che sta per riscoppiare.

Vanina si focalizzò sulle ultime parole.

– Che significa che *sta per riscoppiare*?

Marta smanettò col telefono e glielo mostrò. Sul display c'era la pagina di un noto sito di previsioni meteorologiche.

Vanina lo fissò ammutolita.

– Massima quarantatre gradi? – domandò. Magari non aveva letto bene.

– Esatto. Fissi. Per sei giorni consecutivi.

Marta le pareva seriamente preoccupata. Del resto,

come non capirla. Simili temperature, soprattutto per tempi cosí lunghi, erano anomale pure per Vanina, che era nata e cresciuta in Sicilia, figurarsi per una come Bonazzoli, che le sue estati le aveva passate tra le montagne della Val Camonica e le spiagge di Jesolo. Tre anni di permanenza alle latitudini di Catania non bastavano a temprare una persona.

Vanina guardò l'orologio. A occhio e croce Adriano non si sarebbe fatto vivo prima del pomeriggio, sempre a voler essere ottimisti. Manenti poi era capace di tirarsela fino a sera apposta per darle sdirrubbo. Ma lei di rigirarsi i pollici fino al momento in cui quei due si fossero fatti vivi non ne aveva nessuna voglia. Tanto piú che pure i due membri dell'equipaggio dell'*Almond* si sarebbero presentati nel pomeriggio. Meglio utilizzare quel tempo per raggranellare un po' di informazioni qua e là.

Senza preavviso saltò in piedi, s'infilò la giacca di lino blu e riempí le tasche con sigarette e telefono.

– Amuní, recuperiamo un'auto di servizio.

La statale 114 Orientale Sicula alle undici di venerdí mattina non era particolarmente trafficata. Lo sarebbe stata di lí a poco quando, all'uscita dal lavoro, mezza Catania e provincia si sarebbe spostata in massa verso le case al mare. Aci Trezza, Capo Mulini, Santa Tecla, Stazzo, Pozzillo. Tutte località che ormai Vanina aveva imparato a conoscere.

Marta guidava a una velocità che su quella strada sarebbe stata passibile di multa.

– Bonazzoli, vedi che non dobbiamo inseguire nessuno.

La ragazza abbandonò i pensieri in cui pareva essersi persa.

– Non sto mica correndo.

– Per il tuo metro di giudizio forse no. Per il mio forse tanticchia.

– Dici sempre che ti fidi della mia guida, – le sorrise a metà. – Fidati.

Tra i corsi di guida veloce, quelli di guida sicura e trofei vari, a quattro e a due ruote, Bonazzoli era la pilota piú esperta della Mobile. Vanina tendeva ad affidarle il compito di guidare qualunque mezzo di locomozione, consapevole che il piede sull'acceleratore non sarebbe stato leggerissimo. Ma quella mattina le sembrava che l'ispettore stesse un po' esagerando. E il malumore che si percepiva non poteva che aggravare la cosa.

– Che è 'sta funcia? – le chiese, senza troppi giri di parole.

Marta non capí il termine.

– 'Sta...?

– 'Sto muso lungo, – tradusse Vanina.

– Ma chi, io? Ho il muso? Ma no, – si schermí Bonazzoli, sebbene la faccia dicesse tutt'altro.

– Saltasti i tuoi dieci chilometri di corsa mattutini?

– Ma figurati.

– Ti dimenticasti le tisane a casa?

Marta la guardò di sbieco.

– No, ne ho una scorta nel cassetto.

Vanina decise di abbandonare lo scherzo.

– Che fu, Macchia si comportò male?

Marta scosse il capo.

– No no, anzi. Va tutto bene.

– E allora? Che è 'sta faccia lamintusa?

– Ma non ho nessuna faccia *lamintusa*.

Vanina dedusse che, qualunque fosse il problema, la poliziotta non voleva parlarne nemmeno con lei, nonostante la vicinanza che le aveva mostrato.

Al semaforo di Guardia, Vanina riconobbe il bar dove l'aveva mandata Spanò il giorno prima.

– Svolta qua un attimo e parcheggia, – ordinò.

Marta non chiese il perché. Aveva visto l'insegna del bar, aveva visto l'ora. Se due piú due faceva quattro, la capa era in pieno calo glicemico.

Entrarono nel bar, che la temperatura già si stava facendo proibitiva per il dehors, e si sedettero a un tavolino. Vanina si spazzolò una granita mandorla e caffè con una brioche. Marta si limitò alla sola granita e ammise che anche lei ne aveva bisogno.

Ripartirono entrambe rinfrancate.

A mezzogiorno erano alla Marina di Riposto. Marta premette il pulsante, ritirò il biglietto e la sbarra d'ingresso si aprí. Andò alla ricerca di un parcheggio libero sotto le tettoie, ma invano: o erano occupati o erano riservati.

– Vai fino all'*Almond*, tanto dobbiamo fermarci per poco, – risolse Vanina, che di farsela a piedi sotto il sole non ne aveva nessuna voglia.

A differenza del giorno prima, all'ingresso del lungo molo di pietra e cemento c'era una catena. Sotto un gazebo era seduto un vigilante, che si alzò appena vide l'auto.

– Prego, – disse.

– Dobbiamo entrare, – fece Vanina.

– La sosta è permessa solo per carico e scarico. Avete un posto in un pontile?

– No, ma dobbiamo entrare lo stesso.

– Mi dispiace ma non è permesso alle auto non autorizzate.

Vanina s'era rassegnata a tirare fuori il tesserino, quando qualcuno la anticipò.

– La polizia è, ti conviene lasciarle passare.

Si voltò in direzione della voce, che le suonava familiare. Ritto accanto al gazebo, mentre il vigilante apriva la catena, Manfredi Monterreale la guardava con un sorriso che andava da parte a parte. Mani nelle tasche dei bermuda, infradito di gomma, borsa marinara in spalla, cappellino da baseball sui capelli biondo-rossicci, faceva segno di andare avanti.

Marta avanzò di pochi metri, giusto il necessario per consentire all'uomo di richiudere la catena. Vanina aspettò che si fermasse per scendere dall'auto.

– Dottore Monterreale.

– Dottoressa Guarrasi.

– Ma che è, oggi non si lavora?

– No. Oggi i bambini di Catania dovranno fare a meno di me.

Si abbracciarono e baciarono, come si conveniva

a due amici che non si vedevano da piú di un mese. Del resto, quello erano loro due.

– Perciò qua sei, – fece Manfredi, gli occhi azzurri sornioni.

– E dove dovrei essere?

– No, sai com'è: non t'ho vista piú, mi pareva ti fossi ritrasferita a Palermo, – la provocò.

Poteva dargli torto? L'ultima volta che s'erano incontrati Vanina l'aveva trattato con una freddezza che lui non meritava. Forse, per farsi perdonare, avrebbe dovuto spiegargli il perché di quella metamorfosi improvvisa, ma non era il caso.

Provvidenziale, Marta scese dall'auto e s'avvicinò.

– Buongiorno, dottore! Sta bene?

– Bene, grazie, e lei?

– Bene, via. Un po' di super lavoro ma siam qui.

– Come va l'occhio? – gli chiese Vanina.

Quell'ultima volta che s'erano visti di sfuggita, Manfredi era stato appena pestato dal padre di un piccolo paziente, contrario alla terapia farmacologica che lui aveva somministrato al bambino.

– È tornato normale.

– Lo denunciasti il tuo aggressore, vero?

– Certo che lo denunciai. Mi dispiace per il bambino, che chissà con quale erba miracolosa verrà curato al posto dei farmaci che dovrebbe prendere per non rischiare la vita –. Scrollò brevemente la testa. – Parliamo d'altro, piuttosto: ma vero è che in quello yacht ammazzarono sette persone?

Gli ormeggiatori della Marina avevano ognuno la sua teoria. Quello di turno la sera in cui l'*Almond* era entrato in porto sosteneva che la barca fosse rimasta incustodita dalle venti e trenta alle ventidue, ovvero dal momento in cui Giacomo Villari era sceso per mangiare qualcosa in paese fino a quando non era risalito a bordo. Era un orario di cambio turno, e non sempre qualcuno era presente davanti al posto in cui si trovava lo yacht. L'ormeggiatore di stanza la mattina in cui l'*Almond* aveva lasciato il porto, invece, era sicuro di aver visto qualcuno aggirarsi intorno alla barca poco prima che salpasse.

– Ricorda che aspetto aveva questa persona? – domandò Vanina.

– Di preciso no.

– Era un uomo o una donna?

– Una donna.

– E cosa faceva?

L'uomo ci rifletté.

– Mah, sicunnu mia taliava dentro gli oblò aperti. O almeno ci provava.

– E nessuno le ha chiesto cosa stesse facendo?

– Sopra la barca c'erano già il dottore Lavinaio e Giacomo, ma erano dentro. Capace che manco se ne accorsero. Appena m'avvicinai io quella si girò e s'allontanò. Ecco perché non la potti taliare bbonu.

– Pensa sia plausibile che questa persona abbia avuto il tempo di salire a bordo e risbarcare senza che qualcuno la notasse?

L'uomo alzò le spalle.

– Non lo so.

– Lei ha visto per caso se qualcuno degli ospiti quella mattina portò a bordo un sacco grande col marchio della Lavinalmond?

– Un sacco grande, – ripeté l'uomo, cercando di ricordare. – Il dottore Lavinaio sicuramente aveva un sacco in mano. Ma non ci feci caso se era marchiato dell'azienda sua. Gli altri, se non mi sbaglio, arrivarono solo con i borsoni loro.

Il resto del personale aveva poco da dire.

Vanina li congedò e a malincuore lasciò l'ufficio della Marina con l'aria condizionata per tornare sul molo assolato con Bonazzoli.

Manfredi era sulla sua barca a vela assieme all'amico giornalista Sante Tammaro, pronto a lasciare il porto in direzione prima di Marzamemi e poi di Malta.

Vanina salí sul pontile di legno e li raggiunse per salutarli.

Tammaro la accolse festoso.

– Dottoressa Guarrasi, quanto tempo che non ci vediamo.

– Dall'omicidio Iannino, – precisò Vanina.

Manfredi la guardò incredulo.

– Ma vedi tu se una può misurare il tempo in base agli omicidi.

– Questo faccio nella vita: risolvo casi di omicidio.

– E che casi. Uno piú camurriuso dell'altro, – disse Tammaro, che da bravo cronista di nera le indagini della Guarrasi le conosceva bene.

Il giornalista scese sotto coperta mentre Manfredi rimase nel pozzetto di poppa.

– Quando torni? – gli chiese Vanina.

– Perché? Ti venne lo sghiribizzo di frequentarmi di nuovo?

La frecciata colpí dritta dove doveva colpire.

– Scimunito.

– Ah, io?

– Vabbe', pure io.

Monterreale la guardò con l'espressione rassegnata di chi sa di non poter sfuggire.

– Mi piacerebbe sapere quello che ti passa per la testa.

A Vanina sarebbe piaciuto riuscire a spiegarglielo. Invece glissò.

– Ci vediamo quando torni, amico.

– Sicuro che non ti eclissi, *amica*? – Manfredi calcò la voce sull'ultima parola, come a volerla sottolineare. Aveva dovuto accettare quell'amicizia contro la sua volontà, perché altro rapporto tra loro non era possibile. Aveva fatto le umane e divine cose per non sconfinare, e non era stato facile. Specie quando gli capitava di ricordare il momento, fugace, in cui le cose erano state diverse.

– Te lo prometto.

Manfredi la fissò per un momento, incerto se fidarsi o no.

– Torno tra quindici giorni.

8.

Prima di rientrare in ufficio si fermarono *Da Nino*. Vanina aveva voglia di mangiare come Dio comandava, o come diceva Patanè: «con i piedi sotto il tavolo». Marta non aveva niente da replicare, anzi: nel menu cento per cento siciliano di quella trattoria casalinga trovava piú di un piatto che, senza che ne fosse cosciente chi l'aveva preparato, rispondeva a tutti i criteri vegani.

Nino, che non vedeva la Guarrasi da piú di una settimana, aggiunse al solito inchino un'accoglienza piú calorosa. Subito le riservò il tavolo nella nicchia. Tito, prontamente avvertito dalla fidanzata, le raggiunse.

– Dunque, se ho capito bene, l'unica vaga traccia che merita approfondimenti riguarda il comandante, – sintetizzò il Grande Capo, trangugiando olive alla stimpirata una appresso all'altra. – Perseguitato da una donna che aveva querelato per stalking e tentate lesioni personali e che, nonostante il divieto di avvicinamento disposto dal giudice, continuava a chiamarlo.

– Cosí dicono i tabulati telefonici, – confermò Vanina.

Tito continuò: – L'unica figura sospetta che è stata vista aggirarsi intorno alla barca, ieri mattina, era una donna. Una coincidenza strana.

– Se vogliamo dare credito a quello che sostiene l'ormeggiatore, sí.

– Perché non dovremmo? Ti è sembrato inattendibile?

– No, per carità, inattendibile no. Distratto, piuttosto. Con tutto il vai e vieni che c'è in continuazione, tra l'assistenza agli ormeggi delle barche e il distributore dei carburanti da gestire, credo che nessuno degli ormeggiatori abbia il tempo di osservare quello che fanno le persone sul molo.

Nino arrivò con i piatti. Misto di polpette e involtini per Vanina e Tito, pasta col macco per Marta. Caponata per tutti. Alla dottoressa, che dopo tanti giorni era in crisi d'astinenza, Nino ne portò doppia porzione.

– Perché gli hai chiesto del sacco con il logo della Lavinalmond? – domandò Marta.

Vanina appoggiò le posate.

– Picciotti, il latte di mandorla avvelenato non può essere salito da solo sulla barca. Qualcuno, consapevolmente o inconsapevolmente, deve avercelo portato. Ora, a meno di non pensare che qualcuno sia salito e abbia avvelenato le confezioni, la probabilità maggiore è che queste fossero state imbarcate da poco. Vi dirò di piú: quando ho preso in mano i brick, per prima cosa ho letto la scadenza: era uguale in tutti. Perciò appartenevano allo stesso lotto. Sono quasi sicura che chi li ha portati sullo yacht li tenesse tutti insieme. Magari in un sacco della Lavinalmond.

– Quindi, in base a quanto ci ha detto l'ormeggiatore, dovrebbe averli portati Lavinaio in persona, – dedusse Marta.

– Cosí parrebbe.

Tito annuí.

– E qui la cosa s'ingarbuglia.

– Già, – confermò Vanina, attaccando l'ultimo pezzo di involtino che era rimasto nel piatto.

Marta piluccava, come al solito.

– Da quale punto di vista? – chiese.

– Quello principale, – rispose Vanina. – Ovvero: a che punto, tra la produzione e il trasporto, le confezioni sono state manomesse? Prima o dopo che venissero infilate nel sacco? Che percorso fecero? Rimasero tutta la notte nel bagagliaio di Lavinaio, per esempio? O nel suo ufficio?

– Un casino, – ammise Marta.

– Sempre che la tua teoria riguardo ai brick bucati trovi riscontro nelle analisi della Scientifica, – precisò Macchia.

– Certo. Se dovesse esserci cianuro anche nelle confezioni integre significherebbe che è stato messo lí dentro prima che fossero sigillate.

– E questo ci indirizzerebbe verso qualcuno degli impiegati della Lavinalmond, – disse Marta.

– A quel punto il bersaglio piú probabile non sarebbe piú Giacomo Villari ma Edoardo Lavinaio, – trasse le somme Macchia.

Vanina finí la caponata. – Vediamo che ci conta Manenti –. Raccolse i residui con il pane. – Quando si degnerà di chiamarci.

In quel momento il suo telefono squillò.

Il sovrintendente capo Pappalardo era allegro.

– Dottoressa, bentornata.

– Pappalardo, buonasera, – gli rispose, stupita. Tutti pensava di sentire tranne lui.

– La chiamo per aggiornarla sui risultati delle analisi che abbiamo condotto sul latte di mandorla.

– Ma perché, lei se ne occupò? – E che era successo?

– Mi incaricò il dottore Munzio.

Nonostante l'evidente sforzo di mantenersi distaccato, il tono di Pappalardo era decisamente di rivalsa. Chissà il cornuto di Manenti che s'era inventato il giorno prima per estrometterlo. Il preferito della Guarrasi. Meno male che a capo della Scientifica c'era una persona seria.

– Ah, perciò Munzio rientrò? – chiese Vanina.

– Sí, oggi. In tarda mattinata.

Appena in tempo per rimettere a posto il suo vice.

– Ringraziamo il cielo, – le sfuggí.

Pappalardo represse una risatina, ma lei la percepí ugualmente.

– Allora, dottoressa, – attaccò il sovrintendente capo, – dalle analisi che abbiamo effettuato è risultata una elevata percentuale di cianuro in tutte le confezioni di latte di mandorla trovate a bordo, vuote e piene.

A Vanina caddero le braccia. Il suo fiuto sbirresco stava iniziando a fagliare.

– Anche in quelle integre?

– Nessuna era integra, dottoressa.

– Che vuol dire?

– Che ognuna delle confezioni era forata. Due alla base, dove il tetrapak si piega, e le altre in punti diversi. Fori talmente piccoli che è difficilissimo accorgersene.

Vanina si risollevò. Il suo fiuto era riabilitato.

– Compatibili con l'ago di una siringa, ad esempio?

– Precisamente.

Quindi era come immaginava lei.

– Per il resto? – chiese.

– Eh, per il resto... – Pappalardo esitò. – Ancora c'è un poco di confusione.

– Cioè?

– Le impronte digitali sui brick sono assai, soprattutto su quello vuoto e su quello semivuoto, ma le piú riconoscibili corrispondono a quelle di Villari e di Pietro Lavinaio. Poi ci sono i telefonini. I colleghi della Postale li sbloccarono tutti e sette. Li stanno controllando, ma dentro ci sono social, mail, WhatsApp.

Vanina era uscita fuori dalla trattoria e s'era allontanata per evitare di parlare in mezzo alla gente seduta ai tavoli esterni, che erano sistemati sul marciapiede e sulla strada. Con la sigaretta in mano, passeggiava avanti e indietro.

– Senta, Pappalardo, secondo lei era possibile trasportare quei brick senza che il latte si versasse nel sacco?

– Forse. Alcuni bisogna spremerli con forza per far uscire il liquido, ma se erano appoggiati uno sopra l'altro, può essere che si sia versata qualche goccia.

Vanina meditò. Aspirò una boccata di fumo.

– Per caso i suoi colleghi hanno controllato la macchina di Lavinaio?

Pappalardo esitò di nuovo.

– No, dottoressa.

– E non sappiamo nemmeno dov'è?

– Al porto di Riposto, suppongo.

– Avete trovato le chiavi?

– Erano nella tasca dei bermuda che i colleghi rinvennero nella cabina principale.

– Allora ci vada lei. Esamini il portabagagli, i sedili, qualunque superficie su cui Lavinaio potrebbe aver appoggiato il sacco. Dobbiamo capire se li ha portati veramente lui o se è stato qualcun altro.

– Se posso permettermi, dottoressa: ci avevo già pensato. Mi stavo organizzando per andarci.

– Cerchi di rimediare come può al disastro che avrà combinato Manenti.

Quando aveva parlato di «confusione», Pappalardo intendeva riferirsi a quello, Vanina ne era sicura.

– Il dottore Munzio mi disse di fare un ulteriore sopralluogo sulla barca, vedere se c'è qualcos'altro da rilevare e controllare bene le cabine e i bagni.

– Bravo, poi mi faccia sapere –. Le venne in mente un dettaglio. – E controlli bene pure la spazzatura.

La sezione Reati contro la persona era dispersa.

Spanò e Fragapane, dopo una breve assenza di qualche ora per recuperare la notte di turno, si erano diretti alla Lavinalmond, dove li attendevano gli impiegati dell'azienda, precettati dalla vedova. Lo Faro, che pur di non restare alla mercè di Ristuccia sarebbe andato in capo al mondo, s'era offerto di accompagnarli.

Nunnari e Ristuccia, gli unici presenti in ufficio, stavano già lavorando ai tracciamenti dei telefoni che il pm aveva prontamente attivato. Mentre l'agente scelta si occupava di dare un'occhiata a quelli dei sette defunti, il sovrintendente si dedicò a quello di Barbara Palazzotto, la donna che Villari aveva querelato per stalking. Panino in mano, occhi fissi sul monitor del computer, Nunnari studiò i movimenti a partire dal giorno prima di quella che lui definiva una strage. Perché sette persone morte come le volevi chiamare?

– Talè talè talè, – mormorò, proprio nell'istante in cui i passi della Guarrasi risuonarono lungo il corridoio. Di corsa schizzò fuori dalla stanza.

– Capo –. La raggiunse.

– Guardiamarina Nunnari, che stai mangiando? Arriva un profumo.

Non s'era accorto di avere ancora lo sfilatino in mano.

– Panino.

– Con che cosa?

– Paesanella, – rispose Nunnari. Si sentí in dovere di offrirgliene un po'.

Marta la guardò preoccupata. Non è che aveva intenzione di accettare? Dopo tutto quello che aveva mangiato da Nino.

Vanina rifiutò.

– Che mi volevi dire? – chiese.

Nunnari si ricompose.

– Abbiamo i tracciamenti dei telefoni.

– Ah, bene. Lavorateci sopra.

– Già cominciammo, Ristuccia e io. E c'è una cosa che debbo assolutamente farle vedere.

Entrarono tutti nella stanza dei carusi, compreso Macchia, che s'era incuriosito.

Tornato alla sua scrivania, il sovrintendente mise via il panino e recuperò la schermata che gli serviva.

– Taliasse ccà, dottore –. In presenza del Grande Capo gli pareva brutto rivolgersi alla Guarrasi. Indicò il pallino che rappresentava la posizione della Palazzotto.

– Azz, – fu il commento di Tito.

Vanina rimase a fissarla un attimo.

– Allora lei era, la donna che aveva visto l'ormeggiatore –. Le venne in mente un'altra informazione che aveva dato l'uomo. – Controlla dove si trovava la Palazzotto la sera prima.

Nunnari rimise mano al computer.

– Minchia, – gli sfuggí.

– Già, proprio minchia, – concordò Vanina.

Macchia era serio.

– Guarra', 'sta Palazzotto va convocata subito.

Nunnari seguí i movimenti della donna dopo che l'*Almond* era salpato.

– Madonna santa, dottore. Taliasse dove se ne andò dopo.

Alle dieci e mezzo di giovedí 6 luglio 2017, il tondino era al porto di Milazzo. A mezzogiorno era a Santa Marina Salina.

– Fammi vedere dove si trova in questo momento, – disse Vanina.

Nunnari controllò e indicò lo schermo.

– Sempre a Salina, dottoressa. Per la precisione a Malfa.

Vanina si sedette alla sua scrivania, s'accese la sigaretta e compose il numero di Terrasini.

– Dottore, buonasera.

– Dottoressa, stavo per chiamarla. Finalmente riuscii a parlare con Nardelli, e mi feci raccontare qualcosa sul procedimento a carico di Palazzotto Barbara. Ho il fascicolo qui davanti.

– Ah, bene. Io proprio per questo le ho telefonato. Mi dica tutto.

Si sistemò sulla poltroncina girevole e attivò il vivavoce per far sentire anche a Macchia, a Bonazzoli e a Spanò, che nel frattempo s'era arricampato.

– Dunque, la querela di Villari a carico della Palazzotto risale al 5 settembre dell'anno passato. Giacomo Villari dichiarò che già da un anno, ovvero dal momento in cui aveva interrotto la relazione con lei, la donna lo seguiva ovunque e lo chiamava in continuazione minacciando lui e la sua nuova fidanzata. In due occasioni aveva persino tentato di alzare le mani su entrambi. In quella circostanza Villari s'era accorto che girava armata di coltello a serramanico. Pertanto, anche per proteggere la compagna, s'era risolto a sporgere querela. Date le circostanze, il giudice aveva disposto per la donna il divieto di avvicinamento, che a quanto risulta la Palazzotto avrebbe ripetutamente violato. Le indagini, portate avanti dai carabinieri, hanno confermato l'intento persecutorio della donna nei confronti di Villari, e qualche settimana fa Nardelli ha richiesto il rinvio a giudizio. L'udienza preliminare si è svolta il 26 giugno e il giudice ha emesso il decreto di rinvio a giudizio.

– Quindi appena dieci giorni fa.

– Esatto.

– E in questi dieci giorni cos'è accaduto?

– Qui volevo arrivare, dottoressa. In data 29 giugno, Villari si rivolse nuovamente ai carabinieri per denunciare la ripetuta violazione del divieto d'avvicinamento da parte della Palazzotto. In particolare, dichiarò che la donna aveva minacciato pesantemente lui e la sua futura moglie, promettendo di sabotare il matrimonio. Temo ci sia riuscita in pieno. Meno male che la fidanzata di Villari risiede a Salina, almeno è fuori dalla portata di questa squilibrata.

Vanina e Tito si scambiarono un'occhiata preoccupata.

– Dottore, c'è un problema, – disse la Guarrasi.

– Quale?

– Barbara Palazzotto al momento si trova a Salina.

L'ufficio s'era riempito. Macchia aveva occupato la poltroncina accanto alla Guarrasi che di solito spettava al commissario Patanè. Vanina sperò che non la riducesse in mille pezzi col suo peso spropositato, come una volta era successo con la sua. Davanti alla scrivania erano seduti Spanò e Bonazzoli; dietro di loro, in piedi, Lo Faro e Ristuccia. Fragapane s'era piazzato sul divanetto accanto al balcone aperto. Mancava solo Nunnari, che era rimasto a guardia dei movimenti della Palazzotto.

– Perciò a mettere il veleno nel latte di mandorla potrebbe essere stata questa Palazzotto, la mattina stessa o la sera prima, – sintetizzò Spanò, lisciandosi i baffi come sempre quando era in fase di meditazione.

– Se a portare le confezioni a bordo fu Lavinaio, la Palazzotto può averlo fatto solo la mattina stessa, – precisò Vanina.

– Mentre il comandante e Lavinaio erano sulla barca? – controbatté l'ispettore, che aveva appena preso nota delle dichiarazioni dell'ormeggiatore.

– Non possiamo essere sicuri che Villari e Lavinaio non si siano allontanati mentre aspettavano che arrivassero gli altri. La probabilità che siano andati anche solo in un bar non è da escludere del tutto.

Spanò abbassò lentamente la testa.

– E chistu è vero.

– Ora che facciamo? – chiese Marta.

Vanina si drizzò sulla poltrona.

– Innanzitutto, convochiamo la Palazzotto, – si voltò verso Tito, che concordò.

– Chi la chiama? – domandò Spanò.

– Io, – rispose Vanina. – Nel frattempo tu, Marta, telefoni alla fidanzata di Villari e ti accerti che stia davvero ferma in casa. Di' alla madre di non aprire la porta a donne sconosciute, nemmeno se si presentano come amiche. In questo momento mi giocherei qualunque cosa che quella poveretta è assaltata da conoscenti che con la scusa delle condoglianze ficcano il naso.

– Vado subito, – disse Marta.

– Spanò, lei e Fragapane che avete fatto alla Lavinalmond? – chiese Vanina.

– Parlammo con i dipendenti. Creda a me, dottoressa, erano uno cchiú affranto dell'altro. Edoardo Lavinaio non doveva essere un cattivo titolare, anzi. Ci spiegarono per filo e per segno il processo di inscatolamento del latte di mandorla, ci fecero vedere macari i macchinari. I brick escono sigillati, e sigillati arrivano nel magazzino della distribuzione. Per la maggior parte vengono infilati negli scatoloni, ma qualcuno resta sempre a disposizione. La ragioniera, Parrinello Valentina, ci contò che l'altro ieri sera Lavinaio mandò Salvatore Turro, il suo segretario personale, a prendere qualche confezione. Disse che se le sarebbe portate in barca l'indomani. Fece macari la battuta che un poco di latte di mandorla serviva, e che non si poteva attaccare con gli alcolici a capo di mattina, se no alla sera come ci arrivavano?

La signorina ricorda benissimo che erano in un sacchetto di carta di chiddi grandi, della Lavinalmond.

– Perciò sappiamo che a portarlo in barca fu proprio Lavinaio. Ora la questione è capire che percorso fece 'sto sacchetto, a che punto può essere stato intercettato.

– E come è stato possibile, – aggiunse Macchia, rigirandosi tra le labbra il sigaro ancora spento.

Mentre ragionavano sulla cosa, il telefono di Vanina squillò. Era Calí.

– Adriano, – gli rispose.

– Ehi, Vani, volevo aggiornarti un attimo.

Vanina guardò l'ora: le sedici e dieci. – Non mi dire che già finisti tutte e sette le autopsie.

– Seee, magari! Sto per iniziare la terza. Per ora sono in grado di darti il risultato di quelle su Villari e su Lavinaio padre, ma tieni conto che piú o meno saranno combinati tutti nello stesso modo.

– Che puoi dirmi?

– Allora, posso confermarti con certezza che la morte è avvenuta per asfissia cellulare, determinata da un avvelenamento da cianuro. L'acido cianidrico era presente nel sangue periferico di entrambi in una concentrazione che, t'assicuro, non lascia scampo. Una volta in circolo entra negli eritrociti, si lega al ferro dell'emoglobina e inibisce il trasporto dell'ossigeno ai tessuti. In pochi minuti si passa dalla nausea al vomito alla tachipnea alla confusione mentale. Fino alla perdita di coscienza, alle convulsioni, ipotensione, apnea, shock e, infine, come dicevo, morte per asfissia cellulare.

Vanina s'era accesa l'ennesima sigaretta.

– Senti, Adri, – chiese, meditativa, – secondo te come si fa a procurarsi una tale quantità di cianuro? Voglio dire: esiste in commercio?

– Mah, è una domanda che mi sono posto pure io. Stamattina ho chiesto un parere al professor Pomara. Mi ha mandato talmente tanto materiale che non so quando finirò di leggerlo. Come ti dissi, in alcune specie vegetali, tipo la mandorla amara o i noccioli di alcuni frutti tra cui per esempio ciliegie, pesche, albicocche, il cianuro è presente sotto forma di amigdalina, un glicoside cianogeno che per idrolisi libera acido cianidrico. Si trova anche nelle foglie di alcune piante, tipo l'acacia. Vero è che il cianuro ha una tossicità elevatissima, e anche dosi molto basse possono essere letali, ma per ricavare dai glicosidi cianogeni dei vegetali una quantità sufficiente ad avvelenare litri di bevanda ce ne vuole. Piú probabilmente l'assassino avrà usato un rodenticida o qualche prodotto per l'agricoltura che contiene cianuro. O magari se lo sarà procurato tramite deep web o dark web.

– Deep web e dark web cosa sono? – chiese Vanina. Se c'era un argomento sul quale era e sarebbe stata sempre impreparata, era quello. I social, il web, non sapeva nemmeno come funzionassero. Faceva una ricerca su internet e leggeva il risultato, punto e basta. Al massimo comprava qualcosa sui siti di abbigliamento che le suggeriva Giuli. Come tutto questo fosse possibile, non era cosa che la interessava.

Lo Faro, che fino a quel momento non aveva mosso un muscolo, automaticamente alzò la mano. La Guarrasi prese atto che era informato della cosa abbassando la testa, mentre Adriano spiegava a parole sue.

– Sono una fogna, in cui tutto quello che nella realtà non è nemmeno immaginabile diventa possibile. Anche le peggiori nefandezze. Tra cui un mercato parallelo in cui si possono reperire le sostanze piú vietate.

La domanda a Vanina sorse spontanea. Barbara Palazzotto era persona capace di procurarsi un simile veleno? Ecco cosa avrebbero dovuto scoprire.

Chiuse con Adriano e sollevò il telefono fisso.

– Il numero della Palazzotto chi ce l'ha?

Ristuccia le passò un foglietto dove Nunnari l'aveva segnato.

Vanina lo compose. Attese quattro squilli.

– Pronto, – rispose una voce che pareva essersi appena svegliata.

– Signora Palazzotto?

– Sí, sono io.

– Buongiorno, sono il vicequestore Giovanna Guarrasi, della Mobile di Catania.

– Il vicequestore… E perché mi chiama? – Era spaventata, e si percepiva.

– Avremmo bisogno di parlare con lei. Potrebbe raggiungermi in ufficio, diciamo tra un paio d'ore? – La sparò cosí, tanto per farle credere che non sapeva dove si trovava. Dalla scheda la donna risultava residente in via Androne, a un quarto d'ora di distanza da lí.

La Palazzotto non rispose. Si sentí solo che prendeva un respiro, di quelli da spavento. Subito dopo cadde la linea. Vanina provò a richiamarla, ma il telefono era staccato.

– Caz... – si fermò, giusto per rispetto nei confronti del Grande Capo, che seguiva attento la telefonata.

Non ci fu nemmeno il tempo di commentare. Nunnari entrò nella stanza di corsa, ansimante, caracollando sugli anfibi fino a impattare sulla scrivania.

– Dottoressa, il tracciamento della Palazzotto!

Vanina non ebbe bisogno di sentire il resto.

– L'abbiamo persa.

9.

I due membri dell'equipaggio dell'*Almond* arrivarono alla Mobile che l'ufficio di Vanina pareva un porto di mare. Gente che entrava, gente che usciva, a ritmi concitati.

Spanò s'era attaccato al telefono, sperando che qualcuno dei suoi numerosissimi parenti avesse qualche conoscenza, diretta o indiretta, con Barbara Palazzotto. Non cavò un ragno dal buco, in compenso scoprí che una sua cugina di secondo grado, ora in pensione, aveva lavorato per vent'anni alla Lavinalmond.

L'agente Spada bussò alla porta aperta della Guarrasi.

– Dottoressa, mi scusi.

– Avanti, Spada.

– Giú ci sono due persone che dicono di essere attese da lei.

Vanina ebbe un attimo di smarrimento. Attendeva qualcuno? Ma durò poco. Di colpo si ricordò: il marinaio e la hostess dell'*Almond*.

– Li faccia passare.

I due entrarono al seguito dell'agente, che batté subito in ritirata.

Lui alto e magro, capelli scuri, barba scura, naso prominente. Faccia sconvolta. Lei bionda, minuta, i capelli lisci legati in una coda. Occhi rossi che rivelavano lacrime recenti. Vanina ebbe la sensazione di averla già vista da qualche parte. Non piú di ventidue anni ciascuno.

– Annabella Di Martino, – si presentò per prima la hostess.

– Murro Vincenzo, – fece il marinaio, anagrafico.

La Guarrasi li invitò ad accomodarsi. Marta si mise accanto a lei.

– Allora, ragazzi, – a Vanina venne spontaneo chiamarli cosí, – da quanto tempo lavorate sull'*Almond*?

– Due anni, – disse lui.

– Tre anni, – disse lei.

– Vi trovate bene? – Il vicequestore la prese alla larga per metterli a proprio agio.

– Sí, – risposero entrambi, con convinzione.

– L'altro ieri sera a che ora siete sbarcati?

I due si guardarono per definire chi dovesse parlare.

– Piú o meno intorno alle sette e mezzo, – rispose Annabella, che da quel momento diventò l'interlocutrice designata. – Il cavaliere Lavinaio ci aveva dato due giorni di ferie.

– Giacomo Villari era a bordo?

– Sí, certo. Ci salutammo col programma di rivederci direttamente a Salina, al suo matrimonio. Domenica io ed Enzo ci saremmo imbarcati di nuovo sull'*Almond*, che sarebbe rimasto fermo alle Eolie per una settimana.

– Con i Lavinaio a bordo?

– Certamente.

Vanina si rivolse in modo diretto alla ragazza.

– Lei si occupa della cambusa, vero?

– Sí. Cucino e tengo in ordine le cabine.

– Mercoledí sera, quando ha lasciato la barca, si ricorda se c'erano delle confezioni di latte di mandorla?

La ragazza rimase perplessa per la domanda. Segno che erano riusciti a limitare le informazioni che social e giornali stavano dando dalla sera prima a ritmo continuo. Si parlava di sette persone morte su un'imbarcazione da diporto, ma non si menzionava la causa del decesso. Sarebbe durata ancora per poco, ma fino a quel momento cosí era.

– No, non ce n'era nemmeno una, – rispose Annabella.

– Ne è sicura?

– Sí. Me lo ricordo bene perché la cosa mi stupí. Ero convinta di averne viste un bel po'.

– Di solito c'erano sempre?

Fece un sorriso triste.

– Sempre. Il cavaliere ne beveva assai. Anche la signora. E Pietro… – la voce le si ruppe, gli occhi le si riempirono di lacrime. Era fin troppo facile intuire che il giovane Lavinaio non doveva esserle stato indifferente.

– Avvertí qualcuno, di questa mancanza?

– Sí, lo dissi a Giacomo. Mi rispose di non preoccuparmi, che avrebbe chiesto lui al cavaliere di portarne qualche confezione.

Vanina cambiò argomento.

– Provenivate da Capo d'Orlando, a quanto ci risulta.

– Sí. Eravamo lí da domenica scorsa. Hanno aperto il nuovo porto turistico, è molto bello.

– I Lavinaio erano stati con voi?

– Fino a domenica sí. Domenica sera l'autista era venuto a prenderli per riportarli a Catania.

– C'era anche il figlio? Pietro, intendo.

– Sí. Ma lui non rientrò a Catania con i genitori.

– E che cosa fece?

– Rimase con noi un'altra notte e lunedí se ne andò a Palermo. Studiava lí. Disse a Giacomo che ce l'avrebbe messa tutta per arrivare a Riposto in tempo per ripartire assieme a lui e ai suoi amici.

– Non era un po' costoso per il cavaliere Lavinaio spostare una barca come quella da Capo d'Orlando a Riposto per poi tornare verso le Eolie?

Stavolta fu Vincenzo a rispondere.

– Certo che era costoso. Ma il cavaliere non era uno che programmava i suoi spostamenti nell'ottica del risparmio. Gli piaceva muoversi in barca. Fare avanti e indietro in auto non era cosa per lui. Spesso Giacomo doveva trasferire l'*Almond* da un porto a un altro per andargli incontro. In questo caso lo spostamento era per lui, per imbarcare i suoi amici. Una specie di regalo di nozze –. Il marinaio s'intristí ancora di piú. – Povero Giacomo.

Vanina li guardò. Smarriti, pallidi. Di nuovo ebbe la sensazione che Annabella Di Martino fosse un volto conosciuto. Eppure non l'aveva mai sentita nominare.

– Un'ultima domanda, ragazzi: mercoledí sera, quando siete andati via, avete notato qualcuno che gironzolava vicino all'*Almond*? Una donna, in particolare?

I due si guardarono.

– Ma chi, Barbara Palazzotto?

Vanina cercò di ricapitolare.

– Perciò, fatemi capire: Giacomo Villari mercoledí sera sapeva che la Palazzotto era lí sul molo?

– Sí, lo sapeva, – rispose Annabella. – Tant'è che chiese a me e a Enzo di salutarlo all'interno, per evitare di uscire lui. Aveva adottato la tecnica di non farsi vedere, nella speranza che lei si stufasse e se ne andasse da sola.

– Non temeva che quella donna salisse in barca?

Murro prese la parola. – Non avrebbe potuto. Prima di sbarcare, Giacomo mi disse di riportare a bordo il gradino di legno che utilizziamo a terra per aiutarci a salire e di ritirare la passerella. E cosí feci.

– Lei come scese, se la passerella non c'era piú? – chiese Vanina per curiosità.

Murro sorrise.

– Saltai.

La Guarrasi gli sorrise di rimando. Quei due, ognuno a modo proprio, le stavano simpatici.

Riportò il discorso dove piú le premeva.

– Che rapporti intercorrevano tra Giacomo Villari e Barbara Palazzotto?

– Quali rapporti, dottoressa: 'na pazza scattiata è, chidda, – fece Murro, definitivo.

– Quindi non avevano avuto una storia?

– Sí, che l'avevano avuta, – rispose Annabella, guardandolo male. – Due anni fa. Era durata poco, qualche mese, il tempo che Giacomo si rendesse conto del tipo che era lei.

– E io che dissi: 'a lassò perché era 'na pazza scattiata, – ribadí Vincenzo.

– Forse è un poco piú complicato di cosí, – replicò la ragazza.

– Scusa ah, ma una che t'assicuta come faceva idda con Giacomo tu come la chiameresti? Te lo scordasti quando ce la ritrovammo davanti che eravamo... non me lo ricordo dov'eravamo, ma sicuramente lontani da qua. C'erano pure Lavinaio, la signora, Pietro e un amico suo.

– A Capri eravamo.

– Esatto. Te lo ricordi che cumminò? Mezzo porto si girò a taliarci. Meno male che la bonanima di Pietro saltò sul pontile e riuscí a calmarla.

Vanina non aveva interrotto lo scambio tra di loro perché le interessava.

– E che fece, con esattezza? – domandò.

Murro non capí. – Chi, Pietro?

– No, la Palazzotto.

– Matri mia, un teatro, dottoressa. Si mise a chiamare Giacomo dal pontile, gridando che era inutile fare finta di niente, tanto lo sapeva pure lui che era lei la donna della sua vita. Insultò macari il cavaliere Lavinaio e so' mugghieri, dicendo che erano stati loro a convincere Giacomo a lasciarla, perché non la sopportavano.

– E Pietro come riuscí a calmarla?

– Ci parlò, – rispose Annabella. – Calmo, pacato. Educato, com'era lui. La convinse ad allontanarsi. Quella alla fine si rassegnò al fatto che Giacomo dalla barca non sarebbe sceso, e se ne andò per davvero.

– E non tornò piú?

– Ci spostammo noi, a Ponza. La signora Betti s'era spaventata, temeva che Barbara potesse creare altri fastidi, o addirittura aggredire Giacomo. Oppure loro, dato che li aveva insultati –. Dall'espressione della ragazza si intuiva che a quella possibilità lei non aveva creduto.

Al contrario di Murro, che invece annuí.

– Capace era, 'dda pazza.

– Betti sarebbe la signora Elisabetta Lavinaio? – chiese Vanina.

– Sí. In famiglia la chiamano cosí.

Vanina giocherellò con una sigaretta che aveva tirato fuori dal pacchetto.

– Voi sapevate che Giacomo aveva querelato la Palazzotto?

Annabella annuí.

– Sí, lo sapevamo. Ce lo raccontò lui. Erano stati i Lavinaio a consigliarglielo. Soprattutto la signora che, come ho detto prima, si spaventò assai.

– Eppure non vi ha stupito vedere la Palazzotto lí mercoledí sera, – obiettò Vanina.

– Non ci stupí perché, nonostante la denuncia, Barbara non aveva mai smesso di seguire Giacomo, di telefonargli a tutte le ore. Era convinta che fosse innamorato di lei e che qualcun altro lo obbligasse a starle lontano. Inutile cercare di ragionarci.

– Ma come ci ragioni con una cosí? All'ospedale pissichiatrico la devi portare, – commentò Murro, fermo sulla sua linea.

– A Giacomo dispiaceva assai, 'sta storia, dottoressa. Barbara era stata un errore, e lui si faceva una colpa di non averlo capito prima di intrecciare una storia. Ma sa, Giacomo era un poco... Aveva una ragazza al mese. Fino a quando non incontrò Vanessa, piú o meno un anno fa. Da quel momento cambiò vita.

– E la Palazzotto diventò ancora piú ossessiva, – indovinò Vanina.

Ovviamente ci aveva azzeccato.

– Va bene, ragazzi. Abbiamo finito. Se dovessi avere bisogno di voi, vi chiamerò. Ma spero che non sia necessario.

I due si alzarono.

Mentre Murro infilava la porta Annabella si fermò.

– Dottoressa, – disse, timida, – la saluta tanto mia cugina Chanel.

La Guarrasi ebbe un attimo di perplessità prima di realizzare. Chanel Di Martino: la piú determinata aspirante commissaria che Vanina avesse mai conosciuto. All'improvviso ricordò con esattezza dove aveva incontrato Annabella: nella parrocchia di don Rosario Limoli, il prete che salvava i ragazzi di San

Cristoforo dalla tossicodipendenza e dalla cattiva strada che la vita aveva tracciato per loro. Come la cugina Chanel, anche Annabella era lí in supporto al sacerdote.

– Ecco perché mi pareva di averti vista da qualche parte!

– La saluta pure don Rosario. Dice che non la vede da troppo tempo.

– Ragione ha. Digli che appena finisco con questa indagine vado a trovarlo.

Il telefono di Barbara Palazzotto era rimasto irrintracciabile. La posizione era sparita.

– Lo stutò definitivamente, – decretò Nunnari, contrariato.

Seduto su uno sgabello accanto al sovrintendente, Spanò si allisciava i baffi pensieroso.

Vanina s'era appoggiata con una gamba sulla scrivania e osservava il computer, la sigaretta ancora spenta. Nell'ultimo attimo in cui era stato acceso, cioè quando aveva ricevuto la sua chiamata, il telefono della Palazzotto agganciava ancora la cella di Malfa. – Dottoressa, – fece Spanò, gli occhi puntati sullo stesso computer, – ho paura che non abbiamo scelta.

– Temo anch'io.

Marta, che fino a quel momento non aveva fiatato, sbuffò.

Vanina scese dalla scrivania.

– Picciotti, tutti da me.

Tornò nella sua stanza e si sedette alla scrivania. Quando aprí il cassettino laterale per attingere all'unica tavoletta di cioccolata residua, la sua attenzione fu attirata da un sacchetto di carta col marchio del bar *Santo Stefano*. Conteneva la brioche di cui Alfio l'aveva omaggiata quella mattina, senza tuppo ma con la granella di zucchero sopra. Ebbe il tempo di infilarsene in bocca due pezzi, uno dietro l'altro, prima che la squadra al completo si materializzasse davanti a lei. Richiuse il cassetto e accese la sigaretta che s'era rigirata tra le dita per un'ora. Automaticamente controllò il telefono. Gli unici messaggi di cui compariva la notifica erano uno di Cocò, uno di Giuli e uno di Patanè, che sicuramente friggeva per sapere come stava procedendo l'indagine. Da parte di Paolo il silenzio era assoluto. Mentre Vanina fissava il display, il telefono suonò.

– Pappalardo, buonasera.

– Buonasera, dottoressa. Volevo aggiornarla sull'ulteriore sopralluogo che feci a bordo dell'*Almond*.

– Mi dica, che trovò?

– Di rilevante sull'avvelenamento niente di che. Però nella cabina del comandante c'era una cosa che potrebbe esserle utile. Un biglietto appallottolato, buttato nel cestino.

– Che c'è scritto?

– *Puoi ancora salvarti*, a stampatello.

– Riesce a recuperare qualche impronta?

– Digitale? No, dottoressa, purtroppo no. Già il materiale è poroso, in piú cumminato in quel modo.

Però posso mandarlo a Palermo per farlo analizzare e scoprire se c'è qualche traccia di Dna diverso da quello del comandante.

– Va bene, lo mandi.

Gira e rigira, con 'sta storia che l'esame del Dna lo facevano solo a Palermo, i reperti dei casi di cui si occupavano finivano sempre in mano alla sua amica Paola. Vanina sperò di non essere costretta anche stavolta a chiamarla per velocizzare la pratica.

– La macchina di Lavinaio? – chiese.

– La rivoltai come un calzino, dottoressa. Nel portabagagli ci sono varie macchie, come di qualcosa che colò.

– Il latte di mandorla.

– Pare di sí. Tagliai quel pezzo della tappezzeria e me lo sto portando in laboratorio. Vediamo se c'è qualche traccia di cianuro.

– La macchina la faccia trasferire nel nostro deposito.

Le venne un dubbio.

– Aspetti un attimo –. Abbassò il telefono. – Spanò, ma il comandante macchina non ne aveva?

– No, dottoressa. La macchina di Villari è parcheggiata da una settimana al porto di Capo d'Orlando.

Probabilmente al ritorno da Salina l'*Almond* doveva restare lí. In base a quanto raccontato dai due ragazzi dell'equipaggio quadrava. Riportò il telefono all'orecchio.

– Pappalardo.

– Qua sono, dottoressa.

– Altro trovò nell'auto di Lavinaio?

– A parte un caforio di impronte digitali, niente.

– Facciamo particolare attenzione a quelle sull'apertura del portabagagli.

– Ce ne sono almeno quattro, distinguibili.

– Controlli se ce n'è qualcuna che non appartiene ai Lavinaio.

– Provvedo subito, – assicurò Pappalardo.

Vanina chiuse la chiamata.

– Allora, picciotti, mi pare che tutto fino a questo momento ci porti in una direzione sola. Sono sincera: non so fino a che punto possa essere plausibile che una come la Palazzotto si sia procurata il cianuro e abbia architettato un piano cosí preciso per fare fuori Villari. Soprattutto considerato che ci andarono di mezzo altre sei persone.

– Però sappiamo che ce l'aveva anche con i Lavinaio, – obiettò Marta, – ti ricordi cos'hanno raccontato i due membri dell'equipaggio?

– Sí, ma non sono convinta che questo bastasse a far scattare la follia omicida –. Vanina rifletté sulla parola, «follia», che in quel caso cascava a pennello. – Vero è che 'sta Barbara è fuodde completa, e con una fuodde i ragionamenti non funzionano. Ma finché non abbiamo qualche cosa di concreto in mano è meglio se lavoriamo ora per ora e vediamo che succede. Non dobbiamo scordarci che il latte di mandorla a bordo lo portò Lavinaio. Se nella sua macchina si trovano tracce di cianuro, significa che il veleno fu iniettato dentro le confezioni o prima che fossero caricate nell'auto, o mentre erano già nel bagagliaio. A meno che non si riesca a dimostrare che la Palazzotto si era avvicinata all'auto di Lavinaio, è difficile pensare che possa essere stata lei.

– Mentre se nel bagagliaio non arrisulta nessuna traccia, possiamo ipotizzare che la mattina stessa la Palazzotto salí in barca e iniettò il veleno, – commentò Spanò.

– Consideriamo che se Lavinaio era già salito in barca, e se stavano aspettando gli altri, vuol dire che la passerella era stata rimessa fuori, – ragionò Marta. – Quindi in un momento di distrazione la Palazzotto potrebbe essere salita.

– Come ci organizziamo? – chiese Ristuccia, concreta.

Vanina sospirò. – Eh, come ci organizziamo. Purtroppo, se la Palazzotto non si trova – e io sono certa che non si troverà – ci tocca andare a Salina –. Pareva assurdo, ma non ne aveva nessuna voglia. Forse perché, come diceva Marta, un conto era andarci in vacanza e un conto era andarci in servizio col caldo asfissiante che stava ricominciando. O forse perché a Salina c'era Vanessa Furci, e l'idea di doversi confrontare con un dolore straziante come quello che la donna stava provando la metteva a disagio.

– Avvertiamo i carabinieri di Salina? – propose Spanò.

– Sí, se ne occupi lei, ispettore. Lo Faro?

Il ragazzo si fece avanti.

– Eccomi, capo.

– Recupera da internet una foto di Barbara Palazzotto.

– La cerco sui social.

– Cercala dove vuoi, basta che la trovi e che corrisponda alla nostra indiziata.

L'agente partí verso l'ufficio dei carusi.

– La trasmettiamo anche ai carabinieri di Salina, cosí iniziano a muoversi pure loro, – disse Vanina rivolgendosi a Spanò, che annuí.

– Chi deve partire, dottoressa? – chiese Ristuccia.

Il vicequestore passò in rassegna le facce intorno. La piú preoccupata era quella di Fragapane. Allontanarsi da Finuzza sua per andarsene su un'isola non era cosa per lui. Probabilmente non lo sarebbe stata nemmeno anni prima, quando era ancora picciotto, a maggior ragione non lo era adesso che oramai era sotto pensione. Al secondo posto, tra le facce contrariate, c'era quella di Marta. Gli altri le sembravano tutti ben disposti.

– Andiamo io, Spanò, Ristuccia e Lo Faro, – decretò. – Agata, pensa tu ai biglietti per l'aliscafo. Cerchiamo di arrivare domani in mattinata.

Dalla stanza accanto si sentí un trambusto improvviso.

Vanina si straní. – Che fu?

Il trambusto si ripeté.

– Nunnari, per piacere, vai a vedere che sta succedendo.

Il sovrintendente rotolò fuori dalla stanza e s'infilò nell'ufficio accanto.

Si bloccò sulla porta sbigottito.

Lo Faro saltava come un canguro dietro la sua scrivania, urtandola in continuazione.

– Minchia me ne vado a Salina!

Con le porte aperte e la Guarrasi che aveva parlato a voce alta, l'agente doveva aver sentito.

– Ma chi si cretino?

Il sovrintendente tornò indietro senza aspettare la risposta.

– Allora? – chiese Vanina.

Nunnari scosse la testa con rassegnazione.

– Niente, dottoressa: Lo Faro. Andò a sbattere.

La strada per Santo Stefano a quell'ora era piú libera. Vanina era riuscita a concludere la telefonata con Terrasini e a partire dalla Mobile strategicamente prima che i negozi chiudessero.

Calcolò che per tornare a casa non ci avrebbe messo piú di una ventina di minuti. Valutò se fosse il caso di passare da Viagrande, alla putía di Sebastiano, a fare rifornimento di viveri. Le venne in mente che al novantanove per cento Bettina s'era scatenata in cucina per tutto il pomeriggio, per uscirsene poi con una delle solite richieste di soccorso: aveva preparato troppe cose, come faceva a consumarle da sola?

Il tempo per un paio di telefonate c'era. Vanina iniziò con Patanè, che confinato lí a Palermo doveva sentirsi abbandonato.

– Dottoressa, – le rispose subito. Il tono di voce era allegro, quasi nella norma. Intorno a lui si sentiva un discreto chiacchiericcio.

– Commissario, come sta?

– Io magnifico, e Angilina macari. Indovini dove sono?

Vanina si sforzò di riconoscere qualche suono di sottofondo, ma non ci riuscí.

– Non ne ho idea! Dov'è?

– A casa sua.

– Mia? – si stupí. – A Santo Stefano?

– Eh, magari Ddiu! No, a casa sua a Palermo.

Vanina sorrise.

– Suo papà… – Patanè si bloccò. – Scusasse, dottoressa, mi viene spontaneo chiamarlo accussí.

– Non si preoccupi, commissario, va bene –. Solo una scimunita come lei poteva non esserselo fatto andare bene per tanti anni, un secondo padre come quello.

Patanè riattaccò: – Il professore Calderaro oggi visitò Angelina e disse che la settimana prossima ce ne possiamo tornare a Catania –. La felicità si percepiva anche attraverso il telefono. Vanina immaginò come dovevano brillargli gli occhi.

– Non sa quanto sono contenta, commissario.

– Tanto fecero, tra Cocò, la signora Marianna e il professore, che mi convinsero a venirmene a cena qua. E pure Angilina, prima di loro. Tanto, a st'ura idda già dorme.

Pareva cercarsi una giustificazione.

– Ha perfettamente ragione, – lo rassicurò Vanina.

– Allora, che mi conta? – chiese il commissario. Aveva passato la giornata a immaginare i possibili sviluppi di quel caso, che già per come si presentava lo attizzava assai.

Vanina lo aggiornò per filo e per segno.

– Perciò 'sta Barbara è l'indiziata numero uno, – concluse il commissario.

– Cosí parrebbe.

– Altre piste, non ne abbiamo?

Vanina si aspettava la domanda. Segno che la loro sintonia sbirresca funzionava anche a distanza.

– Al momento nessuna concreta.

– Ma se le analisi di Pappalardo dimostrano che nel bagagliaio di Lavinaio c'è qualche traccia di cianuro mi pare difficile assai che sia stata lei a mittiriccillu.

– Pure a me pare difficile assai, ma al momento questo abbiamo. Terrasini dice che fino a prova contraria non possiamo escludere una manomissione del portabagagli quando l'auto si trovava già in porto, e che non sappiamo se prima di salire a bordo Lavinaio avesse lasciato i suoi bagagli in macchina per un periodo di tempo anche breve. Senza contare che, appena l'ho chiamata per convocarla, la Palazzotto staccò il telefono e sparí dalla circolazione.

– E macari chistu è veru.

– Comunque ho dato a Marta il compito di recuperare i filmati delle telecamere di sicurezza funzionanti. Chissà che non venga fuori qualche cosa. Del resto, che la donna fosse nel porto di Riposto ieri mattina ce l'hanno confermato anche i tracciamenti del suo telefono. Ovviamente la posizione non può essere cosí precisa da dirci se si trovasse sul molo o nel parcheggio.

Patanè rimase zitto per un attimo.

– Commissario, tutto bene?

– Eh? Sí sí, certo. Stava pinsannu ca sugnu vecchio assai.

– E perché questa considerazione cosí ingenerosa?

– Ca pirchí. Mi resi conto che 'na tutto 'stu raggiunamento, a mia il fatto che potevamo sapere per certo che la signurina s'attrovava a Riposto non m'era passato manco per l'anticamera del ciriveddu. Ho la mente da poliziotto arcaico. Ai tempi miei tracciamenti non ce n'erano. E manco telecamere di sicurezza, a essere precisi. Uno sui casi ci poteva sulu raggiunari.

– E se uno si basa sul ragionamento, il fatto che Barbara Palazzotto abbia aperto il bagagliaio di Lavinaio e iniettato il cianuro nel latte di mandorla non quadra proprio per niente, – concluse Vanina.

– Mi levò le parole di bocca.

– In ogni caso, dato il pericolo che può rappresentare per quella mischina della fidanzata di Villari, 'sta Palazzotto la dobbiamo rintracciare.

– Chistu è poco ma sicuro –. Il commissario cambiò tono: – E perciò domani mattina ve ne andate in trasferta a Salina –. Il sospiro che seguí raccontava piú di cento parole. Vanina si sarebbe giocata qualunque cosa che, se fosse stato lí in quel momento, Patanè sarebbe stato della partita. Con grande scorno di Angelina.

Dopo averle coscienziosamente passato ogni singolo membro della famiglia Calderaro, il commissario la salutò.

Vanina stava per chiamare Giuli, quando il telefono squillò.

– Adri.

– Col cucchiaino mi devono raccogliere, – esordí l'amico.

– Posso immaginare.

– No, non puoi, te l'assicuro. Sette autopsie in un colpo solo non sono compatibili con le capacità umane. È da stamattina che vado avanti senza fermarmi mai, e ancora me ne mancano due. Comunque, novità per te non ne ho.

– Che vuoi fare piú tardi, vuoi salire a Santo Stefano? – gli propose. Quella mattina non aveva capito bene se l'amico intendeva restare lí per qualche giorno.

– Grazie, Vani, ma non ho la forza. Mi trascino a casa, mi preparo una minestrina, che dopo una giornata simile manco voglia di mangiare ho, e mi corico. E poi devo fare i conti con la realtà: Luca chissà quando torna. Non è che posso trasferirmi in pianta stabile da te.

– Per me non c'è problema, lo sai.

– Ma sono io che preferisco cosí.

– Va bene, però giurami una cosa: se in qualunque momento del giorno o della notte dovessi sentirti soffocare in quella casa, t'arricuogli bagagli e bagattelle e te ne vieni qua. Va bene?

Adriano glielo promise.

Giuli le rispose al secondo tentativo di chiamata. Il chiasso attorno a lei era tale che a stento si distinguevano le parole. – Aspetta che mi metto in un posto piú tranquillo, – gridò.

Di punto in bianco il rumore sparí.

– Eccomi –. La voce pareva rimbombare in una stanza.

– Dove ti trovi?

– Mi infilai nei bagni.

– Ma sempre piedi piedi sei. Nei bagni di dove?

– Di un palazzo antico, ad Acireale. Sono a una festa di compleanno.

– Oh, una a sera ne hai.

– E che ci posso fare, mi invitano. A questa mia amica tra l'altro avevo pure detto che non ci sarei stata, dato che teoricamente a quest'ora avrei dovuto essere felicemente alle Eolie.

– Pensa che invece io ci devo andare domani, per ragioni di servizio.

– Dove?

– Alle Eolie. A Salina, per l'esattezza.

Vanina non sentí piú nulla.

– Giuli? – Silenzio. – Ci sei?

– Qua sono, – rispose l'amica, svagata, come se stesse pensando ad altro.

– Hai capito perciò? Domani mattina mi tocca…

– Ma è fantastico! – sbottò l'avvocata di colpo, eccitata.

– Cosa? Che mi tocca andarmene fino a Milazzo, pigliare un aliscafo, sbarcare a Salina e passare chissà quanto tempo a cercare una tizia che non si sa piú nemmeno se è lí?

– Perché tu non hai la fantasia di trasformare questa camurría in un'occasione.

– Ah, sí? E come?

– Te lo dico io come: domani mattina, invece di scattiare fino a Milazzo per infilarti in un aliscafo super affollato, mi raggiungi a Ognina e alle Eolie ti ci porto io. Trasferimento privato aggratis. Che ne dici?

– Sí, ca certo! E magari ci facciamo pure un poco di bagni, lungo la traversata.

– Perché no?

– Giuli, ma che ti sei bevuta? Ti ho detto che devo andare alle Eolie per ragioni di servizio, non in vacanza.

– E se invece ci vai con un mezzo privato che cambia?

– Cambia che tempo da perdere non ne ho. Con l'aliscafo arrivo sicuro in orario, con la barca tua no. Non sappiamo nemmeno com'è il mare.

– Ma come dev'essere? Ieri una tavola era. Le previsioni davano calma piatta per tutto il weekend. Ti porto dritta dritta a Salina, senza fermate. Te lo giuro.

– Senti, se ti vuoi fare la vacanza alle Eolie, perché non coinvolgi di nuovo Gaetano e Luce?

– Figurati, dopo quello che è successo. Ava', Vani, non ci posso andare da sola, con quel pezzo di barca. Pigliamo due piccioni con una fava. Tu lavori, io mi faccio una gita a Salina, la sera dormiamo in barca e quando me lo dici ti riporto a Catania.

La volontà di Vanina iniziò a vacillare.

Giuli dovette percepirlo e affondò l’ultimo colpo.

– Ti porto a mangiare in un paio di ristoranti che non te li scordi piú.

Come fu e come non fu, finí che la convinse.

10.

Forse per l'ansia di aver fatto una minchiata, forse per la cena di Bettina, che leggera leggera non era stata, o forse per paura di non sentire la sveglia, Vanina non chiuse occhio se non per una piccola parte della notte. Le ore insonni, come succedeva sempre, erano state un limbo di pensieri molesti, che avevano finito per intralciare quel poco di sonno che ogni tanto si presentava a chiedere pietà. Il silenzio assordante delle ultime settimane era la peggiore delle punizioni che Paolo potesse infliggerle. Ma allo stadio a cui erano arrivati per colpa sua, Vanina non poteva far altro che accettarlo e aspettare. Aspettare che fosse lui stavolta a decidere.

Alle sei e mezzo, come da tabella di marcia, uscí di casa. Borsone in spalla, mezzo litro di caffellatte piú mezzo ciambellone di Bettina all'attivo, s'infilò nella Mini e partí. Il termometro del cruscotto segnava già trenta gradi. La famosa nuova ondata di caldo africano era arrivata con tutta la sua violenza.

Aveva avvertito Spanò di non aspettarla, che avrebbe raggiunto Salina con mezzi propri, e in un quarto d'ora scarso era già al porto di Ognina. Disinvolta come una capitana di lungo corso, Giuli se ne stava ad armeggiare con le cime di poppa. La fece salire a bordo con l'entusiasmo di una picciridda che mostra alla sua amica il nuovo giocattolo che le hanno regalato.

– Mizzica, Giuli, non pensavo che fosse cosí grande.

– Quarantatre piedi è, non esageriamo.

– Non so a quanto corrispondano, ma a me sembra veramente grande.

Sistemarono il bagaglio di Vanina nella cabina di poppa. Un letto quasi matrimoniale, un bagno con due porte: una che apriva direttamente in cabina e una che dava sulla dinette, dov'erano la cucina e un tavolino con dei divanetti.

– Abbassando il tavolo e aggiungendo un cuscinone si ricava un terzo letto, – spiegò l'avvocata.

Partirono alle sette spaccate. Il mare era calmo, secondo le previsioni. Alle otto, quando doppiarono Capo Taormina, diventò un po' piú mosso. Ma la barca di Giuli navigava senza problemi.

Vanina dovette ricredersi. Forse aveva fatto bene a lasciarsi convincere. Si mise seduta accanto all'amica e si godette la traversata, fino a quando non superarono Capo Sant'Alessio.

Lo stretto di Messina le accolse con la peggiore *canalata* che Giuli avesse mai visto. Onde di un metro e mezzo come minimo, e vento da nord-nordest che s'infilava tra le due sponde.

Un sonoro «minchia» uscí spontaneo a entrambe,

seppur con significati diversi. Fastidio per la capitana, sgomento per la nostroma improvvisata.

Giuli decelerò.

– E ora che facciamo? – chiese Vanina, preoccupata.

– Niente. Che dobbiamo fare? C'è vento di canale. Ci mettiamo un poco piú sotto costa e navighiamo lentamente. Non troppo, se no la barca inizia ad annacarsi assai e capace che ti viene il mal di mare.

– Non ne ho mai sofferto, – disse Vanina, anche se la cosa non la convinceva lo stesso. – Ma sicura sei, Giuli? Guarda che palombelle che ci sono piú avanti.

– Sicurissima. 'Ste onde, con tanto di palombelle, le ho affrontate pure col gommone, figurati se mi fanno impressione con questa barca. Piuttosto, vai sottocoperta: nella mia cabina, su un appendino, ci sono due cerate. Prendile, capace che ce le dobbiamo infilare –. Mise le manette in folle.

La barca sballonzolò ancora di piú, in balia delle onde.

Vanina la guardò sconcertata.

– Perché le cerate?

– Non si sa mai.

Scese giú per la scaletta, tenendosi a destra e a sinistra. Con la barca che beccheggiava e rollava in quel modo, oltrepassò la dinette ed entrò nella cabina di prua. Profumata e ordinata che pareva uscita da una rivista. Afferrò le due giacche di plastica e risalí. Giuli stava chiudendo con due zip un pezzo di tendalino che s'attaccava al parabrezza. La parte superiore era di plastica trasparente.

– I parabrezza laterali li lasciamo cosí, altrimenti ci tocca montare gli altri tendalini e non è il caso di farlo in questo momento. Se dovessero arrivarci schizzi col vento ci mettiamo la cerata, – dispose, risoluta.

Vanina non replicò. Del resto, oramai era in ballo, e a Salina in qualche modo ci doveva arrivare. Tanto valeva fidarsi.

L'avvocata si rimise al timone e ripartí.

Vanina si piazzò di nuovo accanto a lei, stavolta meno rilassata. Anzi, decisamente in apprensione. Ma Giuli non pareva agitarsi piú di tanto. Concentrata, aumentò i giri del motore fino a raggiungere una velocità di navigazione di poco inferiore a quella che stava tenendo prima, accelerando e decelerando in base alle onde, stando attenta a prenderle leggermente di traverso. Vanina la osservò con un certo stupore. Non s'aspettava una tale destrezza. Aveva sempre pensato che per l'amica la fissazione per le barche fosse l'ennesimo pretesto per divertirsi. Anche la novità del cabinato dava tanto l'idea del raggiungimento di uno status symbol. La «figata» del momento, insomma. Invece all'improvviso scopriva che era una passione vera e propria. Che Giuli di mare ne capiva, e pure assai.

Se la fecero tutta ballando ballando fino a Messina. Appena svoltato sul Tirreno, a punta del Faro, tra i due piloni di Sicilia e Calabria, di colpo il mare diventò una tavola.

Giuli si rilassò sul sedile.

– Oh, finalmente.

Non sembrava sorpresa.

Al contrario di Vanina, che davanti a quella spianata d'acqua rimase senza parole.

– Ma vedi tu! Un attimo fa pareva di stare sul galeone del luna park.

Si voltò indietro. Dall'altro lato le palombelle erano sempre lí.

Il suo stomaco, fino a quel momento inibito dalle circostanze, le mandò un segnale di fame inequivocabile.

– Ma che ore saranno? – Nel timore di prendere acqua, s'era levata l'orologio e l'aveva infilato nella borsetta a tracolla, in cabina.

Giuli guardò l'iWatch che teneva al polso.

– Babbiando babbiando l'una si fece.

Vanina si meravigliò di sé stessa. Senza manco accorgersene aveva saltato la colazione di metà mattina. Considerato che la prima l'aveva consumata all'alba, si spiegava perfettamente il motivo di quella fame improvvisa. Le pizzette che Giuli aveva preso al bar davanti al porticciolo di Ognina, sistemate sul ripiano della cucina, la chiamavano come le sirene con Ulisse.

– Vabbe', ora che la barca fila liscia possiamo mettere qualche cosa sotto i denti? – propose.

Giuli studiò la mappa sul Gps acceso davanti a lei. Indicò un punto piú avanti.

– Arriviamo qui. Se il mare è una tavola come penso, possiamo fermarci pure senza ancorare, che risparmiamo tempo. Qua c'è sempre corrente.

Navigò fino a raggiungere un'altra punta. Le Eolie erano là davanti. Di fronte a una scogliera bianca, sabbiosa, si fermò e spense i motori.

– Mizzica che bel posto, – disse Vanina. In quel mare caraibico una mezza idea di calarsi in acqua, anche solo per due minuti, la stava maturando. Tanto oramai, tra gli spruzzi delle onde e il sale nebulizzato di cui s'era ricoperta durante la traversata, un bagno non avrebbe cambiato la sostanza delle cose. E ora che il vento s'era calmato, il caldo preannunciato iniziava a farsi sentire. Non fu nemmeno necessario parlare. Vanina ebbe a stento il tempo di girarsi, che Giuli s'era già buttata.

Il canale Vhf della Marina di Salina era l'11. Giuli annunciò che stava entrando all'interno del porticciolo e che aveva bisogno di assistenza all'ormeggio. La ragazza che rispose le disse di andare avanti sulla destra fino al posto numero nove, avrebbe trovato gli ormeggiatori già sul pontile. L'avvocata prese un respiro. Era la prima volta che manovrava quell'affare all'interno di un porto che non fosse quello di Ognina, dove aveva un posto che piú semplice da raggiungere non poteva essere. Ai due lati di quello che le avevano assegnato non c'era nessuna barca, il che, a detta di Gaetano, poteva essere un bene o un male. In assenza di vento era la situazione perfetta. In caso contrario, beccare esattamente il proprio posto diventava complicato. Bisognava lavorare di cime e Giuli non era sicura che la sua amica poliziotta ne avesse la capacità.

Vanina s'era accesa una sigaretta e osservava il panorama. Non conosceva Salina, c'era stata una volta a sedici anni, insieme a sua madre e a Federico, allora novelli sposi. Di quella vacanza non aveva memorizzato quasi nulla. L'unico ricordo che conservava intatto era il nodo alla gola che l'aveva accompagnata per tutto il tempo. E la spietatezza con cui aveva trattato quell'uomo affettuoso, reo della sola colpa di volerle fare da padre.

– Gioia, dovresti darti una mossa, – la riscosse Giuli, quando erano quasi arrivate al posto assegnato.

Vanina cadde dalle nuvole.

– Che devo fare?

– E che devi fare. Non è che posso ormeggiare da sola.

– Vero, ragione hai –. Spense la sigaretta in un bicchiere di plastica con l'acqua dentro e si piazzò al centro della barca. Giuli gliel'aveva spiegato bene: lanci le cime di poppa all'ormeggiatore, le leghi alle *bitte*. Poi ti metti i guanti, prendi la *trappa* che ti passano e la *recuperi* portandola a prua dal camminamento laterale. La leghi davanti e poi ci penso io a tirarmela. Non doveva essere difficile, diamine. Aveva affrontato prove ben piú ardue.

Non aveva idea di quello che la attendeva.

L'ispettore capo Carmelo Spanò sponzò l'ultimo pezzo di brioche nella granita con cui aveva sostituito il pranzo. Seduto su un terrazzino che affacciava sul porto di Santa Marina Salina, cercava di intercettare l'arrivo della dottoressa Guarrasi con l'amica sua. Nel frattempo si godeva la vista. Ragione aveva Valentina: le Eolie erano meravigliose. Quando le aveva confessato di non conoscerle quasi per niente, lei era rimasta ammammaluccuta. Ma che stava scherzando? Non era possibile. Doveva assolutamente aiutarlo a recuperare il tempo perso. Una frase che si attagliava pressoché a tutti gli aspetti della sua vita.

Istintivamente prese il telefono, aprí la chat con lei e sorrise. Una valanga di messaggi, accompagnati da una profusione di cuoricini. S'alzò, s'allontanò dal tavolo e la chiamò.

Quando tornò, Ristuccia e Lo Faro se ne stavano seduti in silenzio, gli occhi fissi sui rispettivi telefoni. Va bene che i loro rapporti non dovevano essere idilliaci, considerato che Agata aveva deluso l'agente mettendosi con Sanna, ma per lavorare assieme un minimo di dialogo doveva esserci.

– Carusi, certo che siete di compagnia, ah! – li stuzzicò l'ispettore, fissando prima l'uno poi l'altra.

Ristuccia sobbalzò. – Scusi, ispettore –. Lo Faro le fece eco.

Spanò decise di mettersi d'autorità.

– Che state taliando? Cose di lavoro, spero.

Era sicuro di averli presi in castagna, e invece.

– Messaggiavo con Nunnari, – rispose Ristuccia.

– Io con Fragapane, – si accodò Lo Faro.

Spanò rimase interdetto. Vedi tu che l'unico distratto era proprio lui.

– Ah. E che vi dicevano?

Iniziò Agata.

– Nunnari dice che il telefono della Palazzotto non s'è riacceso piú.

– Fragapane invece se ne sta andando dai Lavinaio, come dispose la dottoressa Guarrasi, – comunicò Lo Faro.

Spanò calò la testa, poco convinto.

Chissà perché alla capa l'ipotesi che la colpevole di quella strage assurda fosse Barbara Palazzotto non quadrava. Eppure elementi contro di lei ce n'erano assai. Soprattutto, era l'unica pseudo-nemica di una delle sette vittime che avessero scovato fino a quel momento.

I Lavinaio, nonostante la posizione economica, nemici non sembrava che ne avessero. O perlomeno, questo era quanto avevano dichiarato il giorno prima la signora Elisabetta e Nicolò a lui e a Fragapane. A giudicare da quello che gli aveva raccontato la sua lontana cugina, ex impiegata alla Lavinalmond in pensione, all'interno dell'azienda il cavaliere e la sua famiglia erano benvoluti dagli impiegati. Certo, episodi spiacevoli in seguito a qualche licenziamento ce n'erano stati, ma non piú di quanti ne succedevano in qualunque azienda di quelle dimensioni. Il che collimava con il risultato della ricerca iniziale dei carusi tramite il sistema.

– Ispettore, secondo me quella è la barca dell'avvocata De Rosa, – disse Ristuccia, indicando un'imbarcazione che stava entrando nel porticciolo turistico, dall'altro lato della diga frangiflutti.

– Può essere.

Da quando aveva messo piede sull'isola, a mezzogiorno e mezzo, Spanò s'era tenuto in contatto costante con la Guarrasi. Nell'attesa, con i due agenti s'erano divisi i compiti: lui aveva preso contatti con i carabinieri e i ragazzi avevano iniziato a chiedere informazioni. La foto che Lo Faro aveva recuperato su internet non era un granché, ma piú o meno le fattezze della Palazzotto erano chiare.

Spanò si alzò. Se anche la barca della De Rosa non fosse stata quella, in ogni caso ormai la Guarrasi era in arrivo. Tanto valeva andarle incontro.

Vanina si buttò sul divanetto di poppa, esausta, mentre Giuli finiva di armeggiare col cavo che dopo qualche tentativo era riuscita a far entrare nella presa della colonnina elettrica. Aveva attaccato anche il tubo dell'acqua, pronta a pulire la barca per intero. Alla Guarrasi s'erano anchilosate le braccia a forza di tirare cime, col vento che spostava in continuazione la barca.

Era appena scesa sottocoperta quando delle voci conosciute la attirarono di nuovo fuori.

Spanò, Lo Faro e Ristuccia erano lí, sul pontile.

– Ben arrivata, capo, – disse l'ispettore.

– Picciotti, buonasera.

– Come fu la traversata?

– Lasciamo perdere.

Giuli emerse da un gavone dal quale pareva essere stata inghiottita.

– Buonasera a tutti, – agitò il mega-mocio che teneva in una mano. Nell'altra aveva una spugna e una bottiglia di detergente dal nome sconosciuto. Boat qualcosa.

I tre poliziotti la guardarono perplessi.

Spanò, l'unico che la conosceva, la salutò sorridendo.

– Avvocatessa, buonasera!

– Buonasera, – fecero gli altri due.

– Agente Ristuccia e agente Lo Faro? – indovinò Giuli.

I due annuirono.

– Dottoressa, che facciamo? La aspettiamo qua o ci diamo un appuntamento? – chiese Spanò a Vanina, che era rimasta con un piede sulla scaletta.

– Aspettatemi qua. Magari senza arrostirvi.

Il sole picchiava senza pietà. A esclusione delle nicchie lungo il muro, quel molo non offriva una sola zona d'ombra.

– Ci mettiamo all'ingresso. C'è un portico, – disse l'ispettore.

– Sí, dove sono gli uffici della Marina, – spiegò Giuli.

I tre si diressero verso l'ingresso.

– Mi faccio una doccia giú.

Vanina scese sottocoperta e s'infilò nel bagno. Con i suoi uomini e la Ristuccia che ronzavano lí intorno, non le pareva il caso di esibirsi in una doccia in costume. Girando su sé stessa, riuscí a lavarsi perfino i capelli. Ritornò su vestita di tutto punto, pronta a sbarcare.

Giuli la fissò.

– Ma che fai combinata cosí?

Pantaloni e giacca di lino beige, camicia di lino bianca. In mano un paio di mocassini sfoderati di cuoio.

– Che faccio, Giuli? Vado a lavorare.

– Dove, a Milano?

Vanina capí la suonata.

– Come mi dovevo vestire? Sentiamo.

– Che ne so: un vestito? Dei sandali?

– Ca certo, un pareo magari.

– Perché vestiti leggeri sobri, adatti a una serissima vicequestora in trasferta su un'isola non ne esistono, vero? Magari senza giacca. Trentacinque gradi ci sono.

– Esisteranno, ma io non ne possiedo. Perciò o questo o pantaloncini e maglietta. Che dici, tu? – Non avrebbe mai ammesso che la giacca era una scelta obbligata, altrimenti le sarebbe toccato imbracarsi il polpaccio con la fondina.

L'avvocata alzò le mani.

– Vai. Squagliati pure.

– Grazie, eh.

Vanina salí sulla passerella.

– Ti chiamo piú tardi.

Sbarcò sul molo e lo percorse tutto santiando in aramaico. Mentre camminava il telefono prese a squillare. Il viso sorridente della signora Marianna comparve sul display.

– Mamma, ma vero dicevi che alle Eolie si sta piú freschi o era tanto per confortarmi? – esordí, prima ancora di salutarla.

La madre sospirò. – Vabbe', già mi rispondesti. T'avevo chiamato appunto per sapere se eri arrivata, che Cocò controllò le previsioni del mare e vide che lo Ionio verso Messina non era buono.

– Arrivai, arrivai. Un poco frullata ma arrivai.

– Caldo c'è perciò?

– No, che dici. Si sta una meraviglia. In Norvegia pare di essere.

– Vaninuzza mia, che camurría sei. Uno ti dice una cosa e subito attacchi questione. Sentiamo ora: perché tu in Norvegia ci staresti?

– Manco pagata.

– Ovvio. E allora zittati e sopportati il caldo della Sicilia, che sull'isola comunque è sempre meglio che in città. Buon lavoro, gioia. Fatti sentire.

– Va bene.

Stava per chiudere ma sentí che la madre la chiamava.

– Vani?

– Eh?

– Levati la giacchetta, se no ti piglia un colpo di calore e muori pure se hai dieci pistole appresso, – e chiuse.

Vanina guardò il telefono, contrariata. Marianna aveva azzeccato in pieno i suoi pensieri. E le aveva ricordato la sberla che le avevano sferrato in faccia le parole di Paolo, pochi giorni prima. Non di soli attentati poteva morire un poliziotto, o un giudice, anche quando si occupava di criminali capaci di farlo fuori da un momento all'altro. Non si può smettere di vivere per la paura di morire.

Raggiunse i poliziotti, appollaiati sul muretto sotto il portico davanti all'ufficio della Marina.

– Amuní, picciotti.

Notò che tutti e tre erano prudentemente muniti di cappello. Ristuccia e Lo Faro avevano quelli da baseball, con la visiera; Spanò il famoso cappello da pescatore multifunzione che tirava fuori all'occorrenza, in estate o in inverno, per i motivi piú svariati.

L'ispettore s'era già orientato. Appena uscirono dal porto subito si tenne sulla sinistra, costeggiando il mare.

– Per di qua si fa prima e ci evitiamo l'acchianata.

Una sorta di ponte stretto e lungo congiungeva l'ingresso del porto turistico alla piazza principale di Santa Marina, passando per il punto di arrivo degli aliscafi, dove una pietosa pensilina copriva dal sole le decine di persone ammassate in attesa che il mezzo arrivasse. Porto commerciale e porto turistico erano divisi dal molo foraneo, motivo per cui, diceva Giuli, quello di Salina era l'unico dei – pochissimi – porti turistici delle Eolie a essere riparato perché non ci passavano dentro traghetti e aliscafi.

Mentre camminavano col sole a picco sulla testa, Spanò attaccò a raccontarle quello che gli avevano riferito i carabinieri. Ma il telefono della Guarrasi suonò di nuovo.

Era Patanè.

– Dottoressa, arrivò?

– Commissario, buonasera. Arrivai.

– Meno male. M'ero preoccupato pirchí so' soru mi disse che aveva deciso di andare con l'amica sua, in barca, e il mare era tinto assai.

Ma Cocò zitta non ci sapeva stare?

– Sono qua. Operativa.

– Novità? – chiese Patanè.

Vanina fece due conti: se doveva riportare punto per punto quello che i suoi avevano giusto cominciato a raccontare, avrebbero fatto notte. Si mise di lato, in un angolo un po' piú isolato, e attivò il vivavoce.

– Ora le sente pure lei.

Guardò Spanò, che capí e s'avvicinò al microfono.

– Buonasera, commissario.

– Oh, Carmeluzzo! – L'allievo suo amatissimo.

– Stavo dicendo alla dottoressa che i carabinieri iniziarono le ricerche della Palazzotto ieri sera stessa, ma nun cungiurenu nenti. Cercare una cristiana a Salina è come cercare un ago in un pagliaio.

– Sempre che sia ancora qua, – precisò Vanina.

– Il maresciallo stamattina mandò qualcuno macari alle biglietterie degli aliscafi e dei traghetti, con la foto della Palazzotto. Nessuno dei bigliettai la riconobbe.

– Capace ca si camuffò, – ipotizzò Patanè, a voce di testa come ogni volta che qualcuno dall'altro lato era in vivavoce.

– Oppure si è accattata il biglietto online, – disse Spanò.

– Online non può essere, – replicò Patanè, convinto.

– Perché no?

– Perché per farlo avrebbe dovuto riaccendere il telefono, e noi ce ne saremmo accorti, – lo anticipò Vanina. E meno male che aveva la mente da poliziotto arcaico.

– Vero è, – ammise l'ispettore. E riprese a raccontare: – Secondo il maresciallo stamattina potrebbe essere scappata a bordo di uno dei barcuna che fanno il giro delle isole con i turisti.

– Perciò è pressoché impossibile scoprire se se l'è data a gambe, – riassunse Vanina. – L'unica è cercare di rintracciarla se è ancora sull'isola. Sperando che prima o poi, anche solo per pochi minuti, riaccenda il telefono e Nunnari la localizzi.

– Ca spiramu, – disse Patanè, e si salutarono.

Vanina rimise il telefono nella tasca della giacca.

– La cella a cui era agganciato il telefono di Barbara Palazzotto quando si sono perse le tracce corrispondeva a Malfa, mi pare, – disse.

– Sí, – confermò Ristuccia. – Precisamente a una località che si chiama Punta Scario, che si trova nel comune di Malfa.

– E quanto dista da qui? – chiese Vanina.

– In chilometri non lo so, ma è dall'altro lato dell'isola.

– Perciò ci vuole un mezzo per arrivarci.

Spanò annuí. – A peri l'isola non si può furriare, dottoressa. Sono tre comuni diversi, ognuno separato da un bel pezzo di strada.

E meno male, pensò Vanina. Che se era tutta salite e discese, come le sembrava di vedere, con quel sole nel giro di poco ci avrebbe rimesso le penne per davvero.

– E Vanessa Furci, la fidanzata di Villari, dove abita?

– A Malfa, manco a dirlo, – rispose l'ispettore. – 'Dda scattiata della Palazzotto a lei è andata a cercare, sicuro.

– Perché, la Furci abita a Punta... come si chiama?

– Scario, – suggerí Ristuccia.

– Ecco. Abita lí?

– No, abita nel paese di Malfa, – rispose Spanò, – accanto alla chiesa dove 'ddi mischini si dovevano sposare. Ma è vicino.

Vanina si guardò intorno.

– Niente, ci dobbiamo procurare un mezzo di locomozione.

C'erano due taxi, modello minivan, parcheggiati accanto alla piazzetta, lato mare.

Spanò le lesse nel pensiero.

– Ci pinsai macari io, dottoressa, ma non è cosa per noi. Ti lassano dove vuoi, poi però per tornare bisogna aspettare che ti vengano a pigliare iddi. Vanno bene per i turisti che se ne debbono andare a cena dall'altra parte dell'isola. Il brigadiere con cui parlai stamattina si offrí di accompagnarci lui a Malfa, ma possiamo stare a dipendenza loro? – La risposta era tutta nello sguardo.

Che Vanina condivise. – Certo che no –. Quella sola ci mancava. – Allora come si fa? Noleggiamo una macchina? Pigliamo l'autobus? Ci sarà il trasporto pubblico.

– C'è, ma una volta arrivati alla fermata sempre a peri ce la dobbiamo fare.

– A Salina le macchine ci sono. Possono circolare, – precisò Ristuccia.

– Potevamo venire col traghetto e ci portavamo una macchina di servizio, – recriminò Spanò. L'aveva detto, lui, ma nessuno gli aveva dato conto.

Lo Faro, che fino a quel momento non aveva spiccicato parola, intervenne timidamente.

– Ci possiamo affittare gli scooter.

Gli altri tre lo guardarono in simultanea.

Vanina gli sorrise.

– Vedi che quando vuoi la testa ti cammina?

Affittarono scooter e caschi. In fila indiana s'inerpicarono sulla strada per Malfa, che seguiva per un pezzo il perimetro dell'isola.

– È bellissimo, – gridò Lo Faro, dalla coda della fila.

– Talia la strada, – gli intimò Spanò.

Ma il picciotto aveva ragione. Era un peccato non godersi quella meraviglia per andare appresso a una fuodde, presunta omicida.

All'ingresso dell'abitato di Malfa, un vigile s'avvicinò ai quattro centauri.

– Dove dovete andare?

– A Punta Scario, – rispose Ristuccia.

L'uomo guardò l'orologio. – Tra quaranta minuti, alle diciotto, da qui in poi scatta l'isola pedonale. Per ora potete passare. Altrimenti dovete fare un'altra strada, – indicò la via alternativa. La zona pedonale copriva tutto il centro di Malfa. A occhio e croce si trattava di due strade, con qua e là qualche negozio e un paio di ristoranti. Sulla sinistra, in fondo, si intravedevano una piazzetta e un campanile.

– Che chiesa è quella? – domandò Vanina.

– La chiesa dell'Immacolata.

La Guarrasi si voltò verso Spanò.

– È quella?

– Sí, dottoressa.

Il vigile si fece diffidente.

– Ma che siete giornalisti? – insinuò.

– Perché dovremmo essere giornalisti? – disse Vanina, meravigliata.

L'uomo la guardava dubbioso e non rispondeva.

– Perché mi domandò della chiesa? – se ne uscí poi.

Vanina capí e si rassegnò a tirare fuori il tesserino.

– Vicequestore Guarrasi, squadra Mobile di Catania.

Gli scooter dei poliziotti, manco a dirlo, erano esentati dal rispetto di qualunque zona pedonale, ma Vanina ordinò di parcheggiarli lo stesso all'inizio della strada. Controllò l'indirizzo di Vanessa Furci, con la posizione precisa che Bonazzoli le aveva inviato via WhatsApp. Era a pochi passi da lí. La donna era già stata avvertita.

Entrarono nei bar, nei ristoranti e in quel paio

di negozi che incontrarono lungo il primo tratto di una delle due strade principali. A tutti mostrarono la foto della Palazzotto, anche alla reception di un albergo. Nessuno l'aveva mai vista. Si divisero: Lo Faro e Ristuccia a setacciare gli altri quattro o cinque esercizi, tra cui una farmacia, nella strada che proseguiva piú in alto, mentre Vanina e Spanò andarono giú verso la chiesa. Punto di riferimento era la casa della Furci, dove la Guarrasi aveva deciso di andare subito, ancora prima di inseguire le tracce della fuggitiva.

Lo spiazzo davanti alla chiesa era vuoto, il portone sprangato.

– Mi fa 'na tristezza 'sta chiesa. A quest'ora doveva essere piena di gente, felice –. L'ispettore sembrava insolitamente coinvolto.

Vanina non si lasciò trascinare. Già era abbastanza impegnativo il colloquio che l'aspettava con Vanessa Furci, non era il caso di caricare oltre.

Proseguirono girando a sinistra. Alla curva, un negozio con i muretti bianchi e un cuore rosso dipinto sotto il nome attirò l'attenzione di Vanina. A giudicare dagli abiti e dalle ceste esposti nel cortiletto davanti all'ingresso, doveva vendere abbigliamento.

Una donna, seduta dietro un piccolo scrittoio antico, si alzò e le venne subito incontro quando la vide entrare. Capelli corti ma non cortissimi, grigi, occhiali tondi, indosso un kimono di seta lungo, sul blu. Quasi mai a Vanina capitava che una persona estranea le ispirasse una simpatia cosí istantanea. Come da prassi, si qualificò e mostrò la fotografia della Palazzotto, preparata all'ennesima risposta negativa.

Ma la donna, a conferma dell'impressione iniziale, la stupí.

– Sí che l'ho vista. Stamattina. Dopo una mezz'ora dall'apertura, è entrata nel cortile e si è seduta sul divanetto. L'ha notata la mia amica. Le ha chiesto se stava bene, se aveva bisogno di un bicchier d'acqua.

– E lei ha accettato?

– No. Anzi, si è alzata immediatamente. Era come se...

– Come se si fosse spaventata?

La donna rifletté. – Be', sí.

– Ed è rimasta ancora?

– No, è andata via. Ma si vedeva che non stava bene. Si è giustificata dicendo che era molto stanca e che non aveva dormito.

Vanina si voltò verso l'esterno.

– Senta, si ricorda da dove arrivava? – chiese.

– Da quella parte –. La donna indicò la via che scendeva oltre la curva.

– Da Punta Scario?

– Può darsi. La strada porta proprio lí.

Spanò, che fino ad allora aveva gironzolato nel cortile, entrò anche lui. Scambiò un'occhiata rassegnata con la capa. Iurnata persa, pareva dire.

Vanina sbuffò, un po' per il caldo, un po' perché le cose si stavano mettendo in modo da non concludere nulla. La camicia di lino ormai era attaccata addosso come una seconda pelle, con l'aggravante della fondina che aumentava il senso di disagio.

Adocchiò un ventaglio di paglia. – Posso usarlo un attimo?

– Ma certo!

Vanina prese a sventolarsi osservando la stanza in cui erano, una delle due di cui il negozio si componeva. Abiti di lino, di seta, lunghi, corti, sportivi, meno sportivi. Uno piú bello dell'altro. Poi costumi, oggetti particolari, borse di stoffa, di paglia. Se Giuli fosse stata lí sarebbe impazzita. Doveva segnalarglielo.

– Complimenti, – disse. In quel momento, senza volerlo, passò davanti a uno specchio. Rimase impietrita. Faccia bordeaux, lucida che pareva averci passato l'olio, capelli bagnati alla radice, le ciocche ognuna per conto proprio. La giacca beige piena di pieghe, con due aloni di sudore che arrivavano fino alle tasche. Faticò a riprendere fiato. Cosí s'era presentata, in giro per Salina?

Dal negozio uscí dieci minuti dopo con due pacchi nelle mani, vestita che manco si riconosceva. Abito blu di seta e lino, leggerissimo. Un gilet lungo, quasi etereo, ma ugualmente capace di nascondere fondina e Beretta. Sandali piatti di cuoio intrecciato. Borsetta piccola a tracolla color tabacco per sigarette, portafogli e telefono. Nel pacco di destra, accuratamente piegati e opportunamente distanziati dai mocassini chiusi in una borsa di stoffa, giacca, camicia e pantaloni erano pronti per la lavanderia. In quello di sinistra, un completo simile a quello che aveva addosso ma di colori diversi. Si sentiva un'altra. Parlando con l'artefice di quel salvataggio aveva scoperto che era una scrittrice, nonché giornalista, che viveva a Milano e che s'era innamorata di Salina al punto da aprirci un negozio e trasferircisi per sei mesi all'anno.

Anche Spanò uscí dal negozio con un pacchetto in mano. Una borsetta di seta che, la Guarrasi ne era sicura, a Valentina sarebbe piaciuta assai. Se tutto andava bene, gliel'avrebbe data quella sera stessa, quando lei l'avrebbe raggiunto. L'indomani era domenica e lui non era di turno. Con la benedizione della capa, avrebbe iniziato il famoso «recupero del tempo perso».

Ristuccia e Lo Faro erano già davanti al portoncino che corrispondeva all'indirizzo della Furci.

Appena la vide, Agata sgranò gli occhi.

– Mizzica, dottoressa, e che successe?

Lo Faro non s'azzardò a proferire parola. 'Nsamai la dottoressa lo pigliava per il solito leccapiedi.

Vanina riferí ai due agenti le notizie apprese.

– Perciò è inutile che ce ne andiamo fino a Punta Scario, – dedusse Ristuccia.

– Mah, un passaggio io lo farei. A quanto pare in quel punto esatto c'è solo una spiaggia con chiosco, che probabilmente sta per chiudere. Ma c'è anche un albergo. Magari la nostra ricercata è passata da lí.

11.

Vanessa Furci era semisdraiata su un divano. Bionda, capelli lisci lunghi, occhi nocciola inondati di lacrime. Viso perfetto che pareva dipinto. Prostrata come solo una persona che aveva subito una tragedia pari a quella poteva essere. La madre, preoccupata e affranta anche lei, le ronzava intorno in continuazione. Si sentiva bene? Aveva bisogno di qualcosa?

– Signora Furci, – iniziò Vanina.

– Vanessa, – corresse, – per piacere, mi chiami cosí.

– Vanessa. Mi dispiace infastidirla con domande che lei eviterebbe volentieri, ma purtroppo non posso farne a meno.

– Infastidirmi, dottoressa? Vuole scherzare? Sarei venuta io lí da lei immediatamente, purtroppo le mie condizioni attuali non lo permettono. Ma le assicuro che non vedevo l'ora di parlarle.

Vanina si stupí.

– Voleva dirmi qualche cosa?

La ragazza la guardò negli occhi con tutta la disperazione che provava.

Vanina dovette puntellare la sua barriera, per impedire che si sgretolasse.

– Ho qualcosa da chiederle –. Vanessa prese un respiro. – Me lo dica sinceramente: ha... ha sofferto?

La barriera di Vanina crollò miseramente. Le si annodò la gola. Dovette schiarirsi la voce.

– Per pochi minuti, – rispose. Adriano era stato chiaro, la morte era stata veloce, ma non priva di sofferenza.

La ragazza inghiottí, due volte.

– Grazie per la sincerità. Nessuno vuole spiegarmi come sono andate le cose, e io impazzisco, dottoressa, glielo giuro. Com'è morto Giacomo?

La madre le si mise accanto.

– Ma che motivo c'è di sapere tutto, gioia mia. Cosa cambia? Pensa al bambino.

Vanessa fissò la Guarrasi come per dirle di ignorare quella preghiera.

Vanina si sentí in dovere di accontentarla. Avrebbe mai voluto lei che qualcuno le nascondesse quello che purtroppo aveva visto con i suoi occhi? No. Avrebbe voluto sapere tutto. E tutto le raccontò, per filo e per segno, senza omettere nulla. Sperando con la sua assoluta franchezza di non attentare alla vita di quel povero picciriddo, orfano ancora prima di essere nato.

Ma la Furci incassò il colpo.

– Grazie, dottoressa.

Vanina annuí con gli occhi.

– Senta, Vanessa, lei pensa sia possibile che il bersaglio fosse Giacomo?

– Cioè che qualcuno per ammazzare lui abbia provocato la morte di altre sei persone? – chiese la ragazza.

– Esattamente.

Vanessa fece un sorriso amarissimo.

– Doveva averla combinata cosí grossa da scatenare una vendetta tanto feroce?

La Guarrasi si ritrovò per un attimo a corto di parole. Non era proprio quello il dettaglio che non la convinceva? Barbara Palazzotto aveva un movente cosí forte da indurla a fare fuori sei persone innocenti?

– Lei conosce Barbara Palazzotto? – chiese Vanina.

– Certo che la conosco. È... era l'incubo di Giacomo.

– Giacomo l'aveva querelata per atti persecutori e per tentate lesioni, lo sa?

– Sí, lo so. In realtà cercava solo un modo per arginarla. Gli dispiaceva per lei –. Vanessa si fermò. – Perché mi chiede di Barbara?

– Allo stato attuale dei fatti, è lei la principale indiziata, – rispose Vanina.

Vanessa sgranò gli occhi.

– Barbara? – rimase un attimo a pensare, poi scosse il capo. – Ma no, non è possibile.

– Perché ritiene che non sia possibile?

– Ma perché Barbara non sarebbe in grado di architettare una cosa simile. Un piano cosí preciso, cosí efferato... No, dottoressa, non ne sarebbe capace. E se glielo dico io, che l'ho temuta tante volte, ci può credere.

– Eppure Giacomo ultimamente aveva denunciato altre minacce, anche nei suoi confronti. Diceva che la Palazzotto andava in giro armata di coltello.

– Che in un momento di squilibrio facesse del male a lui o a me, questo sí, era possibile. Una coltellata, appunto, un colpo in testa… cose simili. Ma versare del veleno in tutte le confezioni di latte di mandorla per essere sicura che Giacomo lo bevesse, avvelenando cosí anche altre persone…

– Però, da quanto ci risulta, Barbara ce l'aveva con i Lavinaio. Li considerava responsabili del fatto che Giacomo l'avesse lasciata.

– Sí, ma al contempo li temeva.

– I Lavinaio?

– Sí.

– Perché?

– Vede, Edoardo Lavinaio era un uomo facoltoso. Uno che incuteva un certo timore, oltre che rispetto. Uno che volendo avrebbe potuto denunciarla mille volte. Tra violazioni di proprietà privata, minacce… Bastava pagare un avvocato di quelli suoi e l'avrebbe messa a posto in mezzo minuto.

Vanina ebbe una sensazione sgradevole. Il solito malessere nauseabondo che accompagnava ogni sospetto che dietro a un omicidio apparentemente «comune» ci fosse la longa manus della mafia, in una qualunque delle sue forme. Lo tenne per sé, ma allargò il campo della conversazione.

– Lavinaio era un buon datore di lavoro? – chiese.

– Sí. Giacomo era legato a lui, e a tutta la famiglia.

– In particolare a Pietro?

Vanessa fece un altro dei suoi sorrisi amari. Ma stavolta sembrava quasi pietoso.

– Con Pietro era una faccenda diversa. Delicata.

– Perché?

– Be', Pietro... – Vanessa esitò, pareva imbarazzata. – Pietro aveva un debole per Giacomo.

Vanina iniziò a capire.

– Che genere di debole? – chiese, diretta.

– Era stato innamorato di lui.

Spanò non trattenne un sobbalzo. Questa proprio non se l'aspettava.

– «Era stato» significa che non lo era piú?

– Per fortuna no. Con immensa pazienza, Giacomo era riuscito a fargli capire senza ferirlo che con lui non avrebbe mai avuto una possibilità. Che era impossibile.

– E da quanto tempo Pietro s'era rassegnato?

– Mah, un anno circa. Da quando si era reso conto che Giacomo con me faceva sul serio.

– E non aveva avuto reazioni strane?

– No. Almeno, non che io sappia.

Ma la testa di Vanina inseguiva un pensiero.

– Lei sa cosa studiava Pietro a Palermo? – Nelle conversazioni che avevano avuto con la signora Lavinaio e con l'altro figlio non era mai venuto fuori? O era lei a non ricordarlo?

– Studiava Chimica, – rispose Vanessa.

Chissà perché, Vanina non si stupí.

Prima di lasciare la Furci le pose un'altra domanda. Piú per una conferma che per altro.

– Lei sa che Barbara si trova a Salina? E che ha fatto perdere le sue tracce?

– No, ma l'ho intuito quando avete detto a mia madre di stare attenta a non aprire la porta a donne che non fossero amiche strette. Non mi sorprende che sia qui.

– Come mai?

– Era impensabile che non comparisse al nostro matrimonio. Dove si trovava quando l'avete persa?

– A Punta Scario.

– Ovvio.

– Perché?

– Perché la festa di nozze mia e di Giacomo sarebbe stata lí, nella terrazza dell'albergo –. Le scesero due lacrimoni. – Davanti al piú bel tramonto di Salina.

Vanina uscí da casa di Vanessa Furci con la sensazione di aver acquisito qualche informazione importante, e con in testa un'idea cosí folle che aveva perfino timore di parlarne con i suoi picciotti. In condizioni normali, o quantomeno quelle che lei ormai riteneva tali, sarebbe corsa a riferire tutto a Patanè. Insieme si sarebbero messi a tavolino, magari davanti a una raviola di ricotta o a qualche altro cibo zuccherino, e avrebbero ragionato. Ragionato fino a farsi convinti. Ma non poteva, se non per telefono. E non le andava di chiamarlo davanti ai suoi collaboratori. Doveva farsi bastare Spanò, che pur se non quanto il commissario, era uno con cui si ragionava abbastanza lucidamente. C'era un solo problema: non gli piaceva rovistare nel passato della gente quanto a lei e a Patanè.

– Che pensa, dottoressa? – chiese l'ispettore, mentre risalivano lungo la strada pedonale per recuperare gli scooter.

– Che la matassa s'ingarbugliò.

– E macari a mia pare accussí.

– Innanzitutto 'sto fatto che Barbara temeva Lavinaio. Non collima con le storie che ci hanno raccontato i suoi dipendenti. Tutti lo rispettavano, tutti lo consideravano un uomo perbene. Perché Barbara doveva averne paura? I suoi avvocati, per quanto strapagati, che potevano farle di diverso da quello che avrebbe potuto fare Giacomo? Le accuse quelle erano. Atti persecutori e via dicendo. Il divieto di avvicinamento ce l'aveva già e se ne fregava bellamente. Non è che Lavinaio, dietro la sua facciata di imprenditore specchiato, nascondeva qualche legame con persone che a farla fuori non ci avrebbero messo niente?

Le tornò in mente la storia, raccontata da Patanè, delle estorsioni che in seguito alla fine della famiglia mafiosa non s'erano piú riproposte. La riferí a Spanò.

– Stamattina Fragapane doveva andare dalla signora Lavinaio. Vediamo che gli disse lei –. L'ispettore tirò fuori il telefono e chiamò il collega.

Dalla famiglia Lavinaio il vicesovrintendente non aveva avuto nessuna nuova, se non una conferma che la Palazzotto perseguitava anche loro. Era riuscito a parlare solo con Nicolò, la madre era troppo distrutta per rispondere ad altre domande.

– Potranno fare i funerali, ora che Calí ha finito di lavorare, – disse Vanina.

– Infatti fu la prima cosa che Lavinaio chiese a Fragapane. Certo, 'dda povera signora sarà annientata. In un colpo solo perdere marito e figlio.

– Soprattutto il figlio, Spanò, credo che sia qualcosa da cui non ci si riprende piú.

Sua nonna Giovanna non s'era ripresa. Appresso al figlio era morta pure lei, in pochi mesi. Mangiata dal dolore.

L'altro pensiero, quello che le pareva assurdo, tornò a bussarle in testa. Ma era veramente troppo campato in aria per parlarne all'ispettore, che evidentemente non aveva avuto la stessa sensazione.

Intanto i due agenti camminavano dietro di loro, rimuginando ognuno per conto proprio.

– Allora che facciamo, dottoressa, ci andiamo a 'sta Punta Scario o no? – chiese Ristuccia.

– Dipende.

– Da che cosa, capo? – chiese Lo Faro.

– Se vi volete bere una cosa al tramonto, andateci, altrimenti temo sia del tutto inutile. La Palazzotto non è piú lí da chissà quanto.

– E 'sa unni finiu, – aggiunse Spanò.

I due si guardarono, come non facevano da tempo. Stai a vedere che 'sta trasferta aveva aggiustato un po' di cose.

– Io, se non vi dispiace, me ne tornerei a Santa Marina –. L'ispettore non sapeva come dirlo, ma di lí a mezz'ora sarebbe arrivato l'aliscafo con a bordo Valentina, e lui voleva andare a prenderla.

Per motivi diversi Vanina era della stessa idea.

– Anch'io torno. Voi, ragazzi, fate quello che volete. Se per caso aveste novità chiamate me, che da adesso l'ispettore non è piú in servizio –. Occhieggiò Spanò, che sorrideva beato.

Lo Faro e Ristuccia optarono per il tramonto. La Guarrasi e l'ispettore tornarono a Santa Marina. Spanò seguí la capa fino al porto turistico e parcheggiò lo scooter lí, accanto al suo.

– Ma il suo albergo non era nella parte alta del paese? – chiese Vanina.

– Sí, ma andarci a piedi è un'ammazzata. Oramai aspetto Valentina e saliamo con lo scooter.

– Se vi regge, – scherzò Vanina. Quei motocicli erano lentissimi già con una sola persona sopra, figuriamoci in due.

– Speriamo.

Si salutarono e Vanina raggiunse la barca di Giuli, ma a bordo non c'era nessuno. La chiamò.

– Ehi, – le rispose l'amica.

– Dove sei?

– In paese, nella strada principale.

– Poso una cosa a bordo e ti raggiungo. Mandami la posizione –. Altrimenti chi ce la portava nella strada principale?

Salí in barca, aprí il pacco della roba da portare in lavanderia e tirò fuori i vestiti zuppi. Mise tutto ad asciugare, si lavò il viso, si pettinò i capelli e sbarcò di nuovo.

Riprese il ponte che passava sul mare. Dal lato sinistro, oltre gli scogli con l'acqua bassa, c'erano un paio di locali. In uno, con la musica a palla, sembrava esserci una festa a tema bianco. Bianchi erano i vestiti delle donne, bianchi i pantaloni, bianche le camicie, bianche le scarpe. Meno male che col caldo non si usavano le calze.

Passò davanti alla pensilina proprio nel momento in cui l'ultimo aliscafo stava sbarcando i passeggeri. Spanò non si accorse di lei, tanto era attento a non perdere l'arrivo di Valentina. La quale non solo non si fece attendere, ma percorse il molo quasi correndo verso di lui e lo baciò con un ardore che pareva non lo vedesse da un mese.

Vanina, che sapeva quanto l'ispettore s'imbarazzasse, evitò di farsi notare. Mentre accelerava il passo le venne in mente che non aveva piú avuto notizie di Pappalardo. Lo chiamò.

– Dottoressa, – rispose il sovrintendente capo, con voce dispiaciuta.

– Pappalardo, che fine fece?

– E che fine feci. Purtroppo delle analisi dei reperti trovati nell'auto di Lavinaio si volle occupare personalmente il dottore Manenti.

Vanina alzò gli occhi al cielo.

– E se ne occupò? – chiese.

– Sí, solo che il risultato non me lo passò. Perciò non ho informazioni da darle. Avrebbe dovuto chiamarla lui.

– Figuriamoci. Lo stronzo che è.
– Mi dispiace, dottoressa.
– Non si preoccupi, Pappalardo. Ci penso io. Almeno i reperti che dovevano andare a Palermo partirono subito?
– Quelli sí.

Vanina chiuse la telefonata e si fermò un attimo. Spanò e la Di Bartolo, mano nella mano, le sfilarono accanto ma non la videro. Cercò nella rubrica il numero del suo amico Munzio, il capo della Scientifica. Due minuti dopo ebbe la risposta che voleva: nel portabagagli di Lavinaio c'erano tracce di cianuro.

Attraversò la piazza con la chiesa e prese la salita del chiosco delle granite – cosí l'aveva chiamata Giuli – che portava alla strada principale. L'amica era lí, carica di pacchi e pacchetti che pareva aver svaligiato ogni singolo negozio, e la guardava a bocca aperta.

Vanina le andò incontro con un mezzo sorriso.

Giuli la fissò, come per chiederle se doveva dirle qualcosa.

– Va bene, lo ammetto: avevi ragione.

Il ristorante che aveva scelto la De Rosa, e di cui decantava le lodi da quella mattina, si trovava all'inizio della via principale di Santa Marina, una strada non molto lunga, pedonale, dove si concentravano quasi tutte le attività commerciali. Giuli, a quanto pareva, non se n'era fatta scappare una: dai vestiti agli oggetti per la barca, dal vino ai capperi, dal telo da mare alla borsa di rafia. In attesa che si facesse l'ora di cena, trascinò Vanina in una boutique proprio lí accanto. Tanto fece che la convinse ad aumentare il monte spese di quella giornata infinita. Tutta roba in cui la firma non era visibile se non sull'etichetta interna, che la camurriusa dell'amica vicequestora era capace di spendersi uno stipendio per una giacca, ma l'ombra di un logo non la voleva vedere manco da lontano.

Sedute a un tavolino sulla strada aspettarono che si liberasse il loro tavolo al ristorante, situato al primo piano in un giardino interno. Vanina s'accese una sigaretta. Tra il pomeriggio che aveva trascorso a Palermo appresso a Cocò in un negozio di piazza Castelnuovo e quella mezza giornata lí, aveva già consumato il budget per la stagione.

Una donna, probabilmente la proprietaria del ristorante, s'avvicinò sorridendo a Giuli.

– Bentornata! Cinque minuti e il tavolo è pronto, – assicurò. Poi rientrò in un locale al piano terra con un bancone, accanto al portoncino da cui s'accedeva alla scala che portava su.

A Vanina venne da ridere. Ovunque andasse Giuli era sempre la stessa storia: riverenze, scappellate, cara avvocata, ma che piacere rivederla.

– Ci sono venuta l'anno scorso assieme agli Amoroso, quando ero in barca con loro alle Eolie, – la anticipò. – Il mare per qualche giorno si mise brutto e rimanemmo bloccati in porto.

– Ah, sí. C'erano anche Adriano e Luca, vero?

– Già. L'ultima vacanza spensierata che ci siamo

fatti insieme, prima che io combinassi quel casino insanabile –. L'avvocata s'intristí.

– Giuli, il casino insanabile lo combinaste in due. Per giunta in preda ai fumi dell'alcol, – le ricordò Vanina.

– Sí, ma se io non l'avessi provocato, Luca non si sarebbe lasciato coinvolgere. E ora non saremmo in questa situazione, con me che piango un figlio mai nato e il povero Adriano che patisce le conseguenze di qualcosa che non sa. E meno male che della gravidanza Luca non ha mai saputo niente, se no chissà che sarebbe successo –. Era un'analisi spietata della realtà.

Vanina evitò di metterci il carico da undici raccontandole dove si trovava Luca in quel momento. Tanto l'avrebbe saputo anche troppo presto.

Provvidenziale, la donna di prima si fece rivedere segnalando che potevano salire.

Vanina si alzò e spense la sigaretta nel posacenere di ceramica.

– Amuní, forza, arricogliti sacchi e sacchetti e andiamo a mangiare, – intimò, – che oggi pomeriggio saltai la merenda –. Meglio riscuotersi subito, che pure lei, a modo suo, negli ultimi tempi colpi di testa ne aveva fatti assai.

Aiutò Giuli a caricarsi quelle zavorre su per la rampa, che piú ripida non poteva essere. Il loro tavolo era nell'unica parte del giardino interno non coperta dalla tettoia. Dal menu ricercato, ma rispettoso della cucina locale, scelsero due primi e due secondi da condividere. Tagliolini alle uova di pesce spada, fusilli al pesto di finocchietto selvatico e capperi, braciole di pesce spada e totano gratinato. Piú una parmigiana, che Vanina non poteva fare a meno di provare. Alla fine, per la seconda volta in poche ore, dovette ammettere che l'amica aveva ragione. Si complimentò persino con lo chef, nonché proprietario, che manco a dirlo s'era avvicinato per salutare l'avvocata col calore che si conveniva.

Erano appena ridiscese sulla strada, dirette in porto, quando il telefono della Guarrasi squillò.

– Paolo, – scommise Giuli, convinta sostenitrice della storia col magistrato.

Vanina tirò fuori il telefono dalla tracolla di cuoio. Rimase a fissare lo schermo, seria. Una chiamata a quell'ora dal suo fidato ex braccio destro della Catturandi palermitana non portava mai buone notizie.

– Manzo, – rispose.

– Capo, come sta?

Il tono, da telefonata di piacere, la preoccupò ancora di piú.

– Io bene, Angelo, grazie. E lí a Palermo che si dice, stanno tutti bene? – Inutile, dal terrore che le cattive notizie riguardassero Paolo non riusciva ad affrancarsi.

– Tutti bene. In salute e operativi, almeno sul lavoro.

L'insinuazione di Manzo era chiara. In codice, come sempre per telefono da quando il gruppo che lavorava alla cattura di Fratta era blindato, ma chiara. Paolo stava bene, però si capiva che era in crisi personale. E Angelo doveva aver immaginato che la cosa coinvolgesse anche lei.

– Mi volevi dire qualcosa o chiamasti solo per sentirci? – lo sfruculiò.

– La chiamai perché il dottore Ortès e il dottore Malfitano stanno organizzando una rimpatriata per domani sera. Verso le ventuno e trenta. Mi dissero di invitarla. Pensa di farcela?

Se si parlava di «festa», significava che stavano organizzando un tentativo di cattura vero e proprio. Nessuno dei precedenti, com'era evidente, era andato in porto. Se invece l'invito era per una «rimpatriata», come in quel caso, si trattava di una riunione operativa, che per coinvolgere lei doveva essere particolarmente importante.

Vanina si fece due conti. Per arrivare a Palermo l'indomani sera sarebbe dovuta ripartire da lí al massimo nel primo pomeriggio. Se le cose restavano invariate, non sarebbe stato difficile.

– In questo momento sono a Salina per ragioni di servizio. Ma volendo potrei.

– Ottimo, allora riferisco. Ci saranno piatti nuovi da assaggiare –. In codice significava che c'erano novità.

Non gli chiese dove si sarebbe tenuta la «rimpatriata», né lui si aspettava che lei glielo chiedesse. In qualche modo gliel'avrebbe fatto sapere.

Prima di staccare, Vanina si ricordò che a Milazzo non aveva un mezzo. Lo comunicò a Manzo, che non fece una piega.

– E che problema c'è, capo? La vengo a prendere io. Anzi, sarà un piacere.

Chiuse la telefonata pensierosa.

– Che succede? – domandò Giuli.

L'amica non sapeva che Vanina stava partecipando a quell'operazione, cosí come non lo sapeva nessuno al lavoro a esclusione di Macchia, che aveva dovuto avallare la partecipazione. Spanò, forse, aveva percepito qualcosa. L'unico a esserne al corrente era Patanè.

– Domani devo andare a Palermo.

Giuli rimase senza parole.

– E io a Catania come ci torno?

Vanina si rese conto che non aveva valutato la questione.

– Vero è, non ci avevo pensato.

– Navigare posso navigare anche da sola. Ma se dovessi avere bisogno di ancorare, o per ormeggiare a Ognina, non lo so se mi troverei in difficoltà.

A Vanina venne in mente che Giuli non era l'unica a dover rientrare a Catania da lí. Aveva appena preso in mano il telefono, quando il numero dell'ispettore e la sua faccia le comparvero sul display.

– Spanò, – rispose, sorpresa.

– Dottoressa, mi scusi per l'orario ma purtroppo debbo darle una notizia che non le piacerà.

Vanina trattenne il fiato.

– Che successe?

– Mi chiamò un momento fa il maresciallo Luino. Hanno trovato Barbara Palazzotto –. Fece una pausa. – Morta.

12.

Il brigadiere Miranda, incaricato dal maresciallo di prelevare la Guarrasi, la raggiunse nello slargo davanti alla chiesa. Scese dall'auto, un'utilitaria piccola con la livrea blu e rossa dei carabinieri, e aprí la portiera di destra.

– Buonasera, vicequestore, – salutò, sull'attenti.

– Buonasera, brigadiere.

Salirono in auto.

– Dove si trova il cadavere? – chiese Vanina.

– A Lingua.

Tutto le aveva detto.

– Che si trova dove?

Il brigadiere capí che non era pratica dell'isola.

– È una frazione di Santa Marina. Lo sa, dove c'è quel bar famoso per le granite?

– No, mi dispiace –. Le dispiaceva veramente, se era cosí famoso un motivo doveva esserci.

– Il lago salato? – riprovò il brigadiere.

La Guarrasi si stava spazientendo.

– No.

– Vabbe', comunque è vicino.

Vanina aprí Google Maps e cercò la località. Era

vicina per davvero. Una lingua di terra, quello in effetti era l'aspetto, protesa sul mare proprio a fianco del paese di Santa Marina, da cui lo divideva un breve tratto con le scogliere alte, troppo alte probabilmente per consentire la costruzione di una strada al livello del mare che congiungesse facilmente i due borghi.

Approfittò del tragitto in macchina per chiamare Terrasini. Il magistrato disse che si sarebbe coordinato subito con il collega della procura di Barcellona Pozzo di Gotto, che senz'altro era già stato avvertito. Già che c'era, lo aggiornò brevemente sul colloquio avuto con Vanessa Furci.

Cinque minuti dopo erano giunti a destinazione. Il brigadiere entrò fin dove le auto, a quanto sembrava, non erano autorizzate ad arrivare. Un lungomare largo, con i muretti bassi. I ristoranti e i bar di cui era disseminato a quell'ora erano quasi vuoti. La poca gente residua era accalcata là dov'era ferma un'altra auto dei carabinieri.

Lo Faro e Ristuccia erano appena scesi da uno degli scooter noleggiati. Vanina aveva ingiunto a Spanò di non muoversi. C'erano loro, non c'era motivo che si precipitasse anche lui, che non era in servizio.

– Capo.

– Picciotti.

– Il cadavere dovrebbe essere lí, su quella spiaggetta, – comunicò Lo Faro.

Uno dei carabinieri andò incontro ai poliziotti.

– Maresciallo Donato Luino, – si presentò a Vanina.

Giovane, capelli chiari, faccia gradevole nonostante i lineamenti non regolarissimi. Renato Salvatori, con qualche chilo in piú e l'accento settentrionale.

– Vicequestore Giovanna Guarrasi.

– È un piacere conoscerla, dottoressa. Venga, – le fece segno di seguirlo. I due poliziotti e il brigadiere Miranda si accodarono.

– Il corpo ci è stato segnalato da due uomini che erano scesi giú per mettere a mare il tender con cui dovevano tornare a bordo della loro imbarcazione, ancorata qua davanti.

Con le buone condizioni marine che c'erano, di sabato, la rada era piena di barche di tutte le dimensioni.

Luino le porse la mano per aiutarla a scendere tra i ciottoli della spiaggia.

Barbara Palazzotto era seduta là. Le spalle appoggiate al muro, in mezzo tra due tender tirati in secco, che probabilmente l'avevano nascosta alla vista della gente che passeggiava sul lungomare.

– Avete già avvertito il magistrato? – chiese Vanina.

– Sí. Naturalmente gli ho spiegato che si trattava di una vostra ricercata, quindi suppongo che si coordinerà con la Procura di Catania.

– Immagino che il medico legale la vedrà direttamente a Milazzo.

– Una volta rimosso il corpo lo trasporteremo lí. Ma non credo ci siano dubbi sulla causa della morte.

– Cioè?

Luino indicò le braccia. I polsi erano tagliati.

– Cazzo, – le sfuggí, spontaneo.

Un colpo allo stomaco era stato. Un uomo se ne stava in piedi accanto al cadavere insieme a un carabiniere.

– È un medico. Era a cena nel ristorante lí davanti. Quando i due uomini hanno chiesto aiuto dicendo che una donna stava male è intervenuto subito, ma non c'era piú niente da fare. Era già deceduta.

Vanina raggiunse il medico e si presentò.

L'uomo si comportò come se si conoscessero.

– Buonasera, dottoressa, come sta?

Lo sguardo indagatorio che gli piombò addosso lo indusse a presentarsi meglio.

– Ci siamo conosciuti a casa sua a Palermo. Sono Umberto Sacco, lavoro nel reparto di suo padre.

Vanina lo scrutò ancora piú perplessa.

– Del professore Calderaro, – spiegò l'uomo.

– Ah! Mi scusi, sa, al buio non l'avevo riconosciuta, – mentí.

Sacco si voltò verso la Palazzotto.

– Non sono un medico legale, ma credo sia morta da qualche ora.

– Chissà se trovandola prima si sarebbe potuta salvare.

– A giudicare dalla profondità e dalla nettezza di quei tagli, non deve averci messo molto a dissanguarsi.

Uno dei carabinieri recuperò due oggetti accanto al cadavere. Li mostrò al maresciallo, che a sua volta li esibí alla Guarrasi. Un coltello, con la lama sporca di sangue, e uno smartphone spento.

– Il famoso coltello a serramanico, – commentò Vanina.

– Guardi, dottoressa, – disse Luino girando lo smartphone. Tra la cover trasparente e il telefono c'era un foglietto di carta.

Vanina si mise sotto la luce del lampione per leggere cosa c'era scritto. A stampatello, con una calligrafia incerta e il tratto scuro di un pennarello, quattro parole che le parvero stilettate: «Non ho ucciso nessuno».

Vanina tornò al porto che era mezzanotte e mezzo. Giuli la aspettava nel pozzetto di poppa. Seduta su un divanetto, i piedi incrociati su quello davanti, un bicchiere in mano.

– Che bevi? – chiese Vanina scendendo dalla passerella, i sandali nuovi in mano.

– Amaro. Ne vuoi?

– Sí, grazie, che mi si bloccò lo stomaco.

Le raccontò della Palazzotto.

– La cosa che mi fa addannare è che io alla colpevolezza di quella poveraccia non ci avevo creduto per davvero. Per questo volevo rintracciarla. L'abbiamo terrorizzata al punto che s'è tolta la vita.

– Oppure se l'è tolta perché ha scoperto che Giacomo Villari era stato ucciso, e non ha retto. Il biglietto in sua discolpa l'ha scritto perché ha fatto due piú due: io lo minacciavo, io lo perseguitavo, penseranno che sia io l'assassina.

Vanina mandò giú un sorso di amaro.

– Secondo me sei sprecata come civilista matrimonialista. Hai intuito investigativo.

Giuli sventolò la mano davanti alla fronte. Pazza sei, voleva dire.

– Ma non babbiamo con le cose serie. I matrimoni sfasciati mi vanno benissimo. Sono pure remunerativi, – e roteò il dito indicando la barca.

Vanina buttò la testa indietro. Gli occhi chiusi.

– Ma allora che fai, te ne vai lo stesso a Palermo? – fece Giuli, speranzosa.

– Sí, parto domani subito dopo pranzo, arrivo a Milazzo assieme a Lo Faro e Ristuccia. Ma ti ho procurato due mozzi fantastici che devono rientrare a Catania lunedí mattina.

– E chi sono?

– Spanò e la sua fidanzata.

Giuli si drizzò sul divanetto, lo stupore in faccia.

– Baffone s'azzitò?

Vanina s'addormentò di colpo, come non le capitava da tempo immemore. Lo sciabordio del mare sulla carena della barca, l'annacata lenta, la brezza che entrava dall'oblò aperto. Riprese conoscenza alle nove passate.

Sbirciò nella cabina di Giuli. Era vuota.

– Qua sono, Vani.

Alzò gli occhi verso il portellone aperto e la vide, già in costume e caftano.

– Facciamo colazione qui con caffellatte e biscotti o scendiamo a terra e ci sbafiamo una granita e una brioche?

Vanina non ebbe dubbi.

– Sbafiamo.

In cinque minuti era pronta. Non s'era messa il costume perché se lo sarebbe dovuto togliere subito, ma aveva inaugurato i pantaloni bianchi di lino leggero e la maglia smanicata di cotone intrecciato a rete larga. Eccezionalmente non indossò la fondina, ma nella borsetta di cuoio infilò il revolverino che l'avvocata sfottendola chiamava «da sera», perché Vanina se lo portava in borsa quando non era in servizio, usciva a cena e non poteva bardarsi con fondina e Beretta.

– Gioia, tu 'sta paranoia della pistola te la devi levare, – disse Giuli, seria.

– Che fastidio ti dà, manco la vedi, – rispose Vanina, finta tonta.

– Per te lo dico: non puoi credere che ovunque tu vada possa esserci qualcuno pronto ad ammazzare te o le persone che ti stanno accanto. Quello che successe con Paolo cinque anni fa, quando ti trovasti nel posto giusto e al momento giusto per salvarlo, fu un caso. Fortunato, altrimenti lui non sarebbe vivo, ma pur sempre un caso.

– Lo so, – ammise Vanina. Inutile spiegarle che quella paranoia aveva radici piú lontane. Che veniva dritta dritta da quel giorno maledetto di venticinque anni prima in cui aveva dovuto assistere inerme all'uccisione della persona che amava di piú al mondo. Inerme, come non doveva mai piú accadere.

Si piazzarono in un bar sulla strada principale e si fecero fuori due granite e tre brioche, una e mezza a testa. Mentre Giuli valutava come trascorrere la giornata, Vanina ricevette la chiamata di Luino. Il corpo della Palazzotto era stato trasportato a Milazzo. Il maresciallo aveva saputo da Spanò la storia dei sette morti ammazzati col cianuro.

– Certo, un caso un po' singolare, – commentò.

– Chiamarlo singolare è un eufemismo, maresciallo, le assicuro.

– Mi fa venire in mente un racconto di Piero Chiara ambientato nella mia città.

– Di dov'è lei?

– Luino.

Luino di Luino.

– Che racconto è?

– *L'uovo al cianuro*, si intitola. Ne hanno tratto anche una puntata di uno sceneggiato televisivo, giallo. Ma parliamo di almeno… eh sí, almeno quarant'anni fa.

Vanina drizzò le antenne. Uno sceneggiato televisivo anni Settanta era cosa sua. Doveva recuperarlo.

Chiuse la chiamata col maresciallo mentre Giuli ne chiudeva un'altra con chissà quale dei suoi amici, conoscenti, colleghi e via di seguito. Era allegra.

– Ho scoperto che davanti al porto, alla fonda, ci sono gli Amoroso. Ti dispiace se li raggiungo?

– A me? Sono io che ti sto mollando. Dovevamo passare la giornata qui, e invece.

– Vabbe', ma con te si sa che il bidone è sempre dietro l'angolo, – rise.

Si salutarono in barca. Vanina raccolse la sua roba, raddoppiata in un solo giorno, e la mise nel borsone, che comunque rimase leggero. Poi chiamò Lo Faro.

– Capo, – le rispose.

– Lo Faro, mandami la posizione dell'albergo –. Erano rimasti d'accordo che avrebbe trasferito il suo bagaglio dove alloggiavano loro per permettere a Giuli di chiudere la barca.

– Ma perché, vuole venire a piedi? – si stupí l'agente.

– Non è a Santa Marina?

– Sí sí, ma c'è una salita che Ristuccia e io restammo con la lingua di fuori. La vengo a pigliare con lo scooter. Tanto me lo sono tenuto fino a ora di pranzo.

Vanina desisté.

– Va bene.

Mentre aspettava seduta sotto il portico davanti agli uffici della Marina chiamò Marta, che insieme a Nunnari copriva il servizio di domenica.

– Ciao, capo.

– Ciao, Bonazzoli. Che si dice da quelle parti?

– Niente di che. Sto studiando le poche immagini che siamo riusciti a ricavare dalle telecamere di sicurezza del porto. Della macchina di Lavinaio si intravedono un pezzo di muso e la targa, ma non il portabagagli.

– Si vede se qualcuno passa accanto all'auto?

– Sembrerebbe di no.

– I tracciamenti dei telefoni?

– Villari agganciava dalla sera prima la cella relativa al porto di Riposto e non si è mai spostato. I quattro amici quella mattina sono usciti dalle proprie case e sono arrivati a Riposto. Lavinaio ha fatto un percorso piú tortuoso. È uscito di casa alle sette, è andato alla Lavinalmond e poi si è diretto a Riposto. È arrivato alle otto e venti.

– Alla Lavinalmond cosí presto?

– La cella è quella.

– Pietro? – L'idea streusa della sera prima continuava a martellarle in testa.

– Era a Palermo, è partito alle sei e mezzo. Da un certo punto in poi il telefono risulta spento ed è tornato raggiungibile poco dopo le nove, quando Pietro si era già imbarcato.

Vanina rifletté.

– Senti, Marta, abbiamo modo di farci dare in tempi brevi i telefoni di Villari e dei Lavinaio? – Era chiaro che sugli altri quattro non c'era granché da indagare. Fragapane le aveva fatto uno schemino con tutte le informazioni che aveva recuperato. Bastava guardarlo per convincersi della loro estraneità.

– Certo. Quelli della Postale li hanno sbloccati, ma con la mole di lavoro che hanno coi crimini informatici, sai i tempi che ci sono.

– Fatteli dare allora, ci lavoriamo noi. Chiedi di recuperare anche i messaggi cancellati, se non ci hanno già pensato.

– Ok. Ma per caso hai qualche sospetto?

Ormai Marta aveva imparato a conoscerla. Quando la capa impartiva ordini senza spiegare il perché, stava seguendo una traccia. Bonazzoli non era brava come Spanò a intercettarla, ma aveva capito che si trattava del Lavinaio giovane.

– Ma no. È che, una volta esclusa la Palazzotto, bisogna ricominciare da capo.

– Poverina, dev'essersi sentita in trappola. In piú il suo grande amore era morto.

– Il suo grande amore, ora... Per Barbara, pace all'anima sua, Villari era una specie di ossessione –. E non solo per lei, stando a quanto era venuto fuori. Magari non in modo cosí plateale, ma qualcun altro era fissato con Villari.

Marta appuntò meticolosamente tutte le richieste.

Vanina le confermò che sarebbe rientrata lunedí, anche se non direttamente da Salina e non in barca come previsto.

– Ora ti saluto che sta arrivando Lo Faro e dobbiamo spostarci da loro.

– Come vi spostate, in bici?

Lo Faro aveva ragione. L'albergo che aveva prenotato Spanò era abbarbicato alla parte alta del paese, tra le stradine ripide. Era uno dei piú antichi dell'isola e aveva mantenuto la sua anima d'antan. In piú vantava un ristorante di cucina eoliana tra i piú rinomati.

L'ispettore e la fidanzata s'erano organizzati un giro in barca col conducente. O per meglio dire: Valentina aveva pianificato il programma. E Carmelo s'era fatto felicemente coinvolgere da quel ciclone di ragazza che per un miracolo divino era innamorata persa di lui.

Ristuccia invece stava approfittando del paio d'ore libere per godersi la piscina dell'hotel prima di lasciare la stanza. Vanina la raggiunse e si piazzò su una sdraio.

Avrebbe potuto tirare fuori un costume pure lei e rilassarsi un attimo, ma non era cosa. Sapeva bene che sarebbe successo se avesse spento il cervello anche solo per un'ora. I mali pensieri l'avrebbero assalita con le loro propaggini, invadenti quanto il rampicante di Bettina. Con la prospettiva di quella sera, in cui alla fonte d'ansia principale, legata all'indagine che stava portando avanti la Catturandi di Palermo, si aggiungeva quella di dover incontrare Paolo. Se l'aveva fatta contattare da Manzo, invece di inviarle uno dei soliti messaggi in codice scritti in maiuscolo, significava che la crisi non era superata. Per via di quel pensiero e degli altri piú reconditi, era meglio trovare il sistema per tenere la mente occupata. Come sempre.

Manco gli avesse chiesto lei di chiamarla, il numero del commissario Patanè comparve sul suo telefono.

– Commissario!

– Dottoressa, buongiorno.

La voce era arzilla e non succedeva da settimane.

– Che mi dice, come sta Angelina?

– Bellissime notizie!

– La rimandano a casa?

– Domani niscemu –. Parlava al plurale, che anche lui s'era fatto quasi un mese di ricovero appresso alla moglie.

– Ma lo sa che stasera devo essere a Palermo? Domani ci possiamo vedere.

– Ma piddaveru dice? Perciò volendo ce lo dà lei un passaggio per tornare a Catania? A me figghiu giusto giusto gli venne la febbre e non ci può venire a pigliare. Mi stavo organizzando con un taxi.

Erano arrivati a Palermo lei in elisoccorso e lui in macchina con Vanina. Per tutte quelle settimane Patanè era rimasto a piedi, e non c'era abituato.

– Commissario, avrò lo stesso problema anche io. Non sono con la mia auto.

– Mannaggia. E va bene, n'organizzamu.

Vanina gli raccontò quello che era successo la sera prima, il colloquio con la Furci, e i sospetti che le erano sovvenuti sentendola parlare dei Lavinaio. Anche quello, folle, che riguardava Pietro.

– Mischina. 'Dda carusa, squilibrata com'era, avrebbe avuto bisogno che qualcheduno la aiutasse. E invece s'attrovò sola, – fu il suo pensiero sulla Palazzotto.

– Il dato di fatto, certo, è che avevamo ragione a non crederci.

– Per giunta la Scientifica disse che nel bagagliaio di Lavinaio c'era cianuro, perciò ancora di meno era possibile che l'assassina fussi stata idda.

– Senta, commissario, lei si ricorda qual era la famiglia mafiosa che sterminò gli estortori di Lavinaio e persino i loro nemici?

– Certo che me lo ricordo. Gli Zinna.

La botta di nausea che le pigliò era indicativa di quanto poco volesse avere a che fare con quella gente.

– E come mai gli Zinna non ripresero in mano la pratica ereditata?

– Magari perché a Lavinaio gli stavamo troppo sopra noi della polizia. Non era il piú comodo dei bersagli. Oppure… – si fermò. Vanina se lo figurò a grattarsi il mento.

– Oppure?

– Oppure ce la fecero sotto gli occhi e s'appattarono. Che sicunnu mia è quello che sta sospettando.

– Commissario, non c'è piacere a parlare con lei. Ci arriva sempre prima.

Patanè rise.

– Ca quannu mai. È che io e lei raggiunamu nello stesso modo.

E ragionando ragionando si misero a congetturare sull'altro sospetto che Vanina aveva avuto. Quello piú assurdo.

– Dobbiamo pigliare un poco di informazioni su 'sto caruso. Se aveva un amico, se aveva qualche progetto importante a cui teneva. Per fare chiddu ca lei ipotizza, uno dev'essere disperato assai. Ora, a parte il fatto sentimentale, Pietro Lavinaio che motivo poteva avere di essere disperato?

– Mille, commissario. Purtroppo essere ricchi non risolve tutti i problemi. E se Pietro era innamorato di Giacomo da quando era ragazzino, il matrimonio poteva essere motivo di grave squilibrio per lui. A meno che davvero non si fosse messo il cuore in pace e avesse trovato un compagno.

– E infatti chistu dobbiamo capire.

– Vediamo se domani prima di ripartire riesco a fare un salto alla facoltà di Chimica. Che poi, mi chiedo, perché se n'è andato a Palermo? A Catania Chimica c'è.

– Magari per nesciri fora 'i casa e vivere da solo.

– E uno con i soldi che ha lui, se si vuole allontanare da casa, perché non se ne va a Milano o a Roma, come aspirano a fare tutti i ragazzi?

– Forse non si voleva allontanare troppo. Voleva essere cchiú vicino, potere tornare a casa in poco tempo.

A Vanina sfuggí una risata.

– In poco tempo? Allora era meglio Roma.

Il ristorante dell'albergo non tradí le aspettative di Vanina, che nel frattempo s'era studiata per bene il menu. Meno ricercato rispetto a quello della sera prima ma ugualmente valido.

A mezzogiorno e mezzo lei, Ristuccia e Lo Faro si sedettero e onorarono la cucina tramandata dalla madre al figlio, che prese personalmente le ordinazioni. Linguine col nero di seppia per tutti e tre, alalunga per Ristuccia e totano arrosto per gli altri due.

Alle tre precise erano sotto la pensilina, pronti a salire sull'aliscafo sovraffollato della domenica. Il mare s'era mantenuto calmo. Guardando fuori dal finestrino, Vanina si rese conto di essere stata in un paradiso come quello e di non aver fatto nemmeno un bagno. Aveva ragione Marta, andare per lavoro in un luogo simile era peggio che andare in un posto squallido, perché uno finiva con l'invidiare la gente che era lí in vacanza. Ma Salina le era piaciuta lo stesso cosí tanto che giurò a sé stessa di tornarci e godersela come Dio comandava, magari in barca. Con Giuli, ne era sicura, avrebbe sfondato una porta aperta.

13.

Appena messo piede sull'aliscafo Lo Faro s'addormentò. Ristuccia invece ragionò sul caso con la capa a voce bassa. Vanina le affidò il compito di farsi un giro tra i dipendenti piú giovani dei Lavinaio, magari quelli che stavano negli uffici. Fragapane e Spanò non avevano interpellato tutti. Doveva farsi raccontare qualsiasi cosa, anche pettegolezzi se necessario. A una ragazza come lei forse avrebbero detto di piú. A Vanina venne in mente che proprio l'agente sarebbe stata un perfetto aggancio con la sezione Criminalità organizzata, evitando cosí di mobilitare Tito o Giustolisi. L'ispettore Sanna era una colonna portante di quella squadra da anni. Per il momento le sarebbe bastato chiedergli un paio di informazioni in via confidenziale.

Ristuccia non fece una piega, ma si capiva che questo secondo compito non le piaceva granché.

Poco prima di arrivare a Milazzo Vanina chiamò sua madre e le comunicò che sarebbe arrivata a breve. Marianna non le chiese il perché, incassò felice la notizia e se la fece bastare. Ma sapeva che la scarsità di dettagli era sempre sintomo di missioni pericolose.

Angelo Manzo aspettò Vanina all'arrivo dell'aliscafo.

– Capo, che bello rivederla –. Capo. Continuava a chiamarla cosí, nella segreta speranza che un giorno tornasse a esserlo veramente. Le tolse il borsone dalle mani e le offrí il caffè.

Mentre salivano in auto Vanina gli pose la domanda rimasta in sospeso dalla sera prima.

– Dove sarà la rimpatriata di stasera?

– A casa del dottore Malfitano.

A Vanina mancò il fiato.

– A Palermo? – Pregò che le rispondesse di sí. Sarebbe stato meno peggio.

E invece.

– No, dottoressa, all'Addaura.

Vanina s'ammutolí. Che voleva dire quella scelta? Era dettata da motivi di sicurezza? Ma no, anzi, la villetta all'Addaura era piú esposta rispetto all'appartamento di via Mariano Stabile. Oppure, come temeva, era un colpo mirato contro di lei. Costringerla ad andare ospite nella casa che avevano condiviso nella precedente vita, e che adesso sarebbe potuta diventare la loro se lei non avesse fatto di tutto per sfasciare le cose.

– Abbiamo una pista nuova da seguire, – esordí Manzo, riscuotendola dai pensieri funesti.

– Relativa all'amante di Fratta?

– No, purtroppo quella sparí dai radar, come le dissi una settimana fa.

Già, perché s'erano visti appena una settimana prima. Sembrava fosse passato un mese. Quindi dalla richiesta di Paolo di lasciargli del tempo era trascorsa solo una settimana.

– Speriamo che non sia finita male.

– La ragazza? Speriamo di no. Pure se, dottoressa… – Angelo si fermò.

– Pure se?

– Quando diventi l'amante di un boss qualche rischio sai di correrlo. Se ci stai lo accetti, – sentenziò.

– Che ne sai se non è costretta. Lo taliasti nella faccia a Bazzuca, nelle ultime foto segnaletiche?

– Certo che lo taliai.

– Secondo te è uno che una picciotta come quella si sceglie volontariamente?

Il viceispettore dovette ammettere che era improbabile.

– Comunque la pista nuova è quel picciotto, mezzo parente di Fratta, di cui le aveva parlato il dottore Ortès la volta scorsa. Lo teniamo sotto controllo da giorni, e finalmente pare che stiamo arrivando a capire che ruolo ha.

L'autostrada Messina-Palermo, per non essere da meno delle altre arterie che collegavano le maggiori città siciliane, era piena piena di cantieri. Il tempo di percorrenza s'era allungato di almeno mezz'ora, a essere ottimisti. Dal punto in cui si univa alla Catania-Palermo in poi, la strada diventava familiare. Il solito languore, improvviso e profondo, la pigliò al comparire del monte Pellegrino.

«Entra da via Giafar», stava per dire, ma Manzo non ebbe bisogno di indicazioni.

– Lo so che le piace vedere Palermo dal mare, – sorrise.

Vanina gli sorrise di rimando.

– Vedi che non torno, almeno per il momento, è inutile che cerchi di farmi morire di nostalgia, – precisò.

– Già che ha nostalgia è qualche cosa, – fece Manzo, convinto.

La lasciò sotto casa di sua madre, in via Cavour.

– Passo a prenderla verso le nove.

Vanina salí con l'ascensore fino all'attico. Tirò fuori le chiavi ma non ebbe il tempo di infilarle nella toppa. La porta si aprí e Costanza le volò addosso.

Vanina si rese conto di avere con sé solo gli abiti di Salina. Piú quel tailleur di lino pesante che aveva letteralmente assammarato di sudore. Il caldo a Palermo era il doppio di quello che aveva lasciato sull'isola. Senza fare troppi commenti, che tanto non era necessario, la signora Marianna prese in carico i vestiti da mandare in lavanderia.

– Peccato a Dio, un completo cosí bello, combinato a matapollo, – recriminò.

La giacca era stropicciata, i pantaloni pieni di pieghe che parevano plissettati.

Vanina s'infilò uno dei due vestiti comprati nel negozio della scrittrice, a Malfa, si sistemò la fondina e indossò il gilet lungo. Come quello dell'altro colore, la camuffava benissimo.

Ingannò l'attesa informandosi con Federico sulle ultime performance di quel suo collega, cui l'ex fidanzato di Cocò faceva ormai spudoratamente da lacchè, che pur avendo preso la cattedra da professore ordinario a Firenze continuava a macchinare contro Calderaro con ogni mezzo. Del resto, da uno che di cognome faceva Paneperso, che ti potevi aspettare?

Costanza aveva risolto alla grande il problema del rientro a Catania dei Patanè. Visto che anche Vanina era appiedata, s'era offerta di accompagnarli. Già che c'era, si sarebbe piazzata qualche giorno in casa della sorella, che in quel mese e mezzo passato lí c'era stata cosí bene. Marianna, cui l'idillio tra Vanina e Cocò ancora non pareva vero, evitò di protestare.

Alle nove in punto Angelo Manzo era sotto casa dei Calderaro, pronto e operativo.

Lungo la strada per l'Addaura, Vanina ripiombò nel mutismo. Provvidenziale, come sempre, giunse la chiamata di Patanè.

– Dottoressa, disturbo? – disse a bassa voce, come se qualcuno potesse sentirlo.

– Commissario, lei non disturba mai.

Manzo sorrise. L'aveva conosciuto pure lui, quel portento di poliziotto. Uno che magari avercelo in squadra.

– Due minuti le rubo: innanzitutto la volevo ringraziare per la gentilezza di sua sorella, sicunnu mia dietro c'è lo zampino suo.

– Ma quale zampino, tutto Cocò fece, glielo assicuro.

– Poi le volevo dire che oggi pomeriggio, siccome ero schiffarato, mi pigliai il tassí e me ne andai alla facoltà di Chimica. Tanto inturdunuto sono che non m'ero reso conto che era domenica. Stavo già per tornare indietro quando vidi che la facoltà era aperta. Mi misi a girare corridoi corridoi fino a quannu non finii davanti a un'aula dove stavano facendo una conferenza. Giusto giusto fora dall'aula c'era un gruppetto che stava parrannu proprio della morte di Pietro Lavinaio. Lo sa che oramai i giornali la raccontano con dovizia di particolari?

– Purtroppo sí, lo so.

– Insomma m'assittai su una sedia là accanto, fingendomi concentrato sul telefonino, e mi ascoltai tutti i discorsi.

– Lei non finirà mai di stupirmi, commissario. Gliel'ho mai detto?

– Sí, qualche volta.

– E che sentí?

– Glielo dico in parole povere, poi domani casomai approfondiamo. Pietro Lavinaio era considerato un tipo malinconico. Una carusa, che sicunnu mia era la migliore amica pirchí pareva colpita assai, tant'è vero che piangeva, disse papale papale che quando aveva saputo che era morto aveva pensato che s'era suicidato. A mezze parole cuntò che Pietro a Catania viveva male pirchí non aveva il coraggio di dichiarare a so' patri la verità, cioè ca era omosessuale. Addirittura 'na vota la carusa, per amicizia, l'aveva accompagnato sulla barca del padre, e iddu aveva imbrugghiato ai genitori ca era a so' zita. A Palermo un amico l'aveva avuto, ma era durato picca e nienti. Iddu le aveva confidato che l'amore suo uno solo era, e siccome non poteva averlo certe vote gli pareva inutile vivere –. Fece una pausa. – E chistu è quanto riuscii a sentire. Ora staccamu che lei è impegnata.

Vanina soppesò quelle parole col bilancino. Era possibile immaginare che Pietro Lavinaio, scosso dal matrimonio di Villari, avesse deciso di farla finita trascinandosi dietro anche lui?

Manzo le indicò che stavano arrivando.

– Rallento, dottoressa? – sussurrò.

Vanina gli fece segno di no.

– Grazie, commissario. Ci vediamo domani.

Davanti alla villetta, tra la scorta di Paolo e gli altri mezzi, c'era uno schieramento di auto della polizia.

Nello Licitra, il capo della scorta, la salutò con un sorriso.

– Buonasera, dottoressa –. L'espressione sembrava volerle dire che gli dispiaceva non averla vista negli ultimi tempi. O forse era lei che voleva interpretarla cosí.

I poliziotti della squadra speciale che si occupava di Fratta erano già tutti lí, seduti intorno al tavolo da pranzo.

Corrado Ortès, capo della Catturandi, l'assistente Verde, l'agente scelto Liuzzo, gli agenti Tindari e Mancuso. Quest'ultima appena acquisita, ma già elemento rilevante. Manzo entrò appresso a Vanina. Il vicequestore Ortès le andò incontro.

– Ciao, Guarrasi.

– Ciao, Ortès.

Paolo s'era alzato, ma era rimasto al suo posto, a capotavola. Abbassò la testa in segno di saluto.

Il posto che le avevano riservato era accanto a lui, Ortès era seduto di fronte.

– Allora, Manzo ti avrà già accennato qualcosa.

– Sí, mi ha detto degli sviluppi –. Automaticamente mise la mano in tasca, ma si bloccò. – Posso fumare? – chiese, risoluta. Ne aveva bisogno.

Paolo allargò le mani.

– Non siamo in un ufficio.

Vanina accese la sigaretta.

– Chi sarebbe questo nuovo uomo?

Paolo la guardò a lungo. Pensieroso. Poi si riscosse, aprí la cartella che aveva davanti. Tirò fuori una scheda, con foto annessa.

– Rosario Cuzzano.

– Il fratellastro di Adelina Mastrobuono, – disse Vanina, senza nemmeno leggere.

Ortès come al solito la guardò stupito. Tutti se li ricordava i nomi.

– Figlio del patrigno, che al momento continua a risultare latitante.

– Un bel soggetto, – commentò Vanina. – A manco... quanti? Venticinque anni? Ha collezionato reati di ogni tipo. Traffico di stupefacenti in primis.

– A quanto pare, ha sostituito la Mastrobuono nel comprare e recapitare a Fratta i farmaci che gli servono.

– Speriamo solo in questo, – se ne uscí Liuzzo, ilare.

Il pm e i due vicequestori lo guardarono male.

– Scusate, era per sdrammatizzare.

– Comunque, – riprese Vanina, – è chiaro che Adelina Mastrobuono ormai è una pista bruciata –. Bruciata da qualcuno, purtroppo interno alla procura, affetto dal vizio di frequentare gente che in teoria avrebbe dovuto perseguire. Qualcuno che, ormai era chiaro, aveva fatto saltare l'operazione di alcune settimane prima quando, proprio seguendo e intercettando la ragazza, erano sicuri di aver trovato il covo in cui si nascondeva Bazzuca. Il quale, guarda caso, era riuscito di nuovo a scappare.

Ortès condivise con la Guarrasi sia i dettagli delle indagini – pedinamenti, tracciamenti, rovistamenti nella munnizza riconducibile al covo del superlatitante – sia quelli dell'operazione che sarebbe scattata nel momento in cui gli indizi fossero stati concordanti. Il sottotesto era che doveva tenersi pronta. Di lí a qualche giorno uno di loro l'avrebbe invitata a una «festa» cui avrebbe dovuto partecipare.

Andarono avanti fino alle undici.

Quando i poliziotti iniziarono a congedarsi, Vanina si alzò con loro, chiaramente intenzionata ad andarsene. Manzo si trovò in difficoltà. Non sapeva come comportarsi. La Guarrasi non se ne andava mai via insieme agli altri, nemmeno quando le riunioni si tenevano nell'ufficio del dottore Malfitano. Quella situazione era del tutto nuova. Prevedibile, dati i segnali che aveva captato, ma nuova.

A trarlo d'impaccio ci pensò Paolo.

– La dottoressa Guarrasi la riaccompagna Nello.

Nessuno se ne stupí.

In un attimo, il villino si svuotò.

Vanina fece una smorfia.

– Questo colpo di teatro finale era parte del piano?

Paolo non le rispose. La guardò a lungo, di nuovo.

– Quale piano, Vani? – rispose, pacato.

– Mah, non lo so. Quello per rigirarmi il dito nella piaga, magari.

Paolo rimase pacato. – Tu pensi davvero che io voglia rigirarti il dito nella piaga?

– No, hai ragione: tu la piaga l'hai proprio originata. A rigirarci il dito dentro basto già io. Sono bravissima, sai.

– Lo so.

Vanina ebbe la sensazione di soffocare. Quattro sigarette in un'ora e mezzo, senza aver mangiato pressoché nulla, lo stomaco chiuso che le bruciava.

– Scusami, devo uscire.

Aprí le vetrate e andò sulla terrazza che digradava verso la scogliera. Fuori dal cancelletto, sugli scogli, una mano la salutò. Restituí il saluto all'agente di scorta costretto a sorvegliare estate e inverno quella discesa a mare.

Paolo la seguí.

– Lucio è morto, – le comunicò, senza preamboli.

Vanina perse il fiato per un attimo.

– Cosa? Com'è possibile?

– Ieri sera.

Lucio Laurenti, il migliore amico di Paolo. Era

stata la scoperta improvvisa della sua malattia, una settimana prima, a scatenare la crisi di Malfitano. Era successo in un momento delicato tra loro, quando delle foto che la ritraevano in moto con Manfredi Monterreale avevano rotto il precario equilibrio che s'era faticosamente creato negli ultimi mesi.

Vanina dovette sedersi.

– Mi dispiace, – mormorò.

– Di cancro è morto, Vani. A cinquant'anni –. La voce gli si ruppe. Stava perdendo la pacatezza di poco prima.

Vanina rimase in silenzio. Come si poteva commentare una tragedia simile?

Paolo si voltò verso di lei, lento.

– Ora lo capisci quello che volevo dire?

Vanina lo guardò, sfinita.

– Sí, lo capisco.

Andò a sedersi accanto a lei. Mani sulla fronte, gomiti sulle ginocchia. Senza guardarla, forse a occhi chiusi, riprese a parlare.

– Che senso ha, Vani? La tua paura, l'incertezza che genera in te. Che senso hanno? Ti crogioli nel terrore di rivivere, standomi accanto, l'incubo peggiore della tua vita, e nel frattempo rovini a entrambi quella che Dio, o chi per lui, ci ha messo a disposizione. Possono ammazzarmi da un momento all'altro? Sí, è vero. Almeno quanto è vero che domani potrei scoprire di avere i giorni contati per qualche malattia incurabile. E di aver sprecato nella paura tutto il tempo in cui avrei potuto essere felice. Ne vale la pena?

Vanina aveva buttato la testa indietro, sulla spalliera del divanetto di vimini. Stremata. Fece segno di no, lentamente. La vista le si annacquò, non ebbe bisogno di domandarsi il perché.

14.

La Bmw X5 blindata guidata da Nello Licitra si fermò in via Cavour che era appena passata l'una.

– Grazie, Nello, – lo salutò, scendendo dall'auto.

– A presto, dottoressa.

Un augurio che racchiudeva piú di un significato. Vanina li colse tutti.

Entrò nel portone, salí con l'ascensore e aprí la porta di casa Calderaro, immersa nel silenzio. In punta di piedi filò verso la sua stanza. Una luce fievole si accese in camera della madre.

– Vanina, tutto a posto? – sussurrò Marianna. Sapere che stava lavorando di nuovo con l'Antimafia di Palermo le metteva l'angoscia addosso.

– Sí, mamma. Tutto a posto, – la tranquillizzò Vanina.

La faccia devastata che lo specchio le rimandò diceva l'esatto contrario.

Le parole di Paolo erano come dei massi, piazzati sul petto. Quello che era successo tra loro dopo, la disperazione con cui s'erano presi e amati, era solo una parentesi che non cambiava nulla. Lei sola era in grado di risolvere quella crisi, spostare i massi e decidere di vivere il tempo regalato, senza sprecarne piú di quanto non ne avesse già sprecato in quegli anni di lontananza forzata. E solo Paolo poteva decidere se attendere insieme che ciò accadesse.

Si tolse i vestiti, gettò la fondina sulla poltrona con rabbia, si infilò il pigiama e andò in cucina. Si versò il latte, recuperò una scatola di savoiardi e ne inzuppò una quantità indefinita. Un po' per volta si calmò.

Tornata in camera si mise a letto e aspettò che il sonno e la stanchezza vincessero la battaglia.

La svegliò Costanza che erano già le otto.

– Amuní che dobbiamo andare a prendere il commissario e la signora Angelina!

In mezz'ora, doccia e colazione comprese, Vanina era pronta.

Cocò era riuscita a portarsi appresso solo un trolley.

– Tanto, piú di qualche giorno non posso restare. Dobbiamo trasferirci a Scopello, ed è meglio se ci sono anch'io. Papà è perso dietro a tutte le beghe che ha, e la mamma da sola si stanca.

Vanina realizzò che non aveva immaginato nemmeno per un attimo che li aiutasse anche lei. Del resto, perché avrebbe dovuto? Quando mai aveva partecipato?

I Patanè erano felici come due pasque. Finalmente se ne tornavano a casa, per di piú accompagnati da una quasi dottoressa, il che li rendeva pure piú tranquilli. Inutile dire che per il commissario il vero valore aggiunto di quella circostanza era la presenza della Guarrasi, con cui condivideva il sedile posteriore.

Incuranti delle occhiate rassegnate di Angelina e delle provocazioni di Cocò, che tentava di disturbarli in continuazione, se la fecero tutta parlando parlando.

– Meno male che stiamo tornando a casa. Almeno si ni va alla Mobile e s'addiverte un poco, – confidò Angelina a Costanza. Patanè non la sentí, ma non avrebbe potuto che darle ragione. *Divertirsi* non era il verbo adatto, forse sarebbe stato piú corretto *impegnarsi*, però quella era la sostanza.

Costanza lasciò prima i Patanè a casa, poi Vanina alla Mobile, e munita di chiavi di casa se ne salí felicemente a Santo Stefano.

La Guarrasi percorse il corridoio a passo piú spedito del solito. L'ascensore funzionava di nuovo e non s'era dovuta giulebbare due piani di scale.

La squadra era quasi al completo. Mancava solo Spanò, che in mano a Giuli chissà quando, e in quali condizioni, si sarebbe arricampato.

Vanina ripose nel cassettino le tavolette di cioccolata di cui aveva fatto incetta con Patanè all'autogrill Scillato, dove aveva preteso di fermarsi nel timore che quello successivo fosse ancora fuori servizio. In vista della giornata che non si sapeva come sarebbe andata aveva preso anche un paio di muffin alla Nutella che, seppur dannosi, svolgevano dignitosamente il ruolo di comfort food.

Era quasi l'una. Senza sostare nel suo ufficio, se ne andò dritta in quello dei carusi.

Nunnari scattò all'impiedi, anzi sull'attenti.

– Buongiorno, capo, – la salutarono tutti e quattro.

– Buongiorno, picciotti –. Con la mano indicò a Nunnari di sedersi. – Riposo, Mimmo, riposo –. Li guardò uno per uno. – Vi vedo tutti in attività.

– Abbiamo qualche novità da riferirti, – disse Marta, facendosi portavoce.

Fragapane s'aggiunse dalla stanza dei veterani, che occupava da solo in attesa che Spanò rientrasse.

– Buongiorno, dottoressa.

– Buongiorno, Fragapane.

– Le contarono le novità? – chiese. Dalla faccia si evinceva che non dovevano essere cosa da poco.

– Stavo giusto per farlo, – disse Marta.

Vanina decise che era meglio tornare nel suo ufficio e mettersi comoda.

– Venite a contarmele di là.

I cinque poliziotti la seguirono. Appena li vide passare davanti alla sua porta, Macchia la chiamò.

– Guarrasi.

Vanina entrò nell'ufficio del primo dirigente. – Capo, buongiorno.

Tito se ne stava piazzato sulla sua leggendaria poltrona monumentale, che occupava visivamente metà della parete dietro, in cui il presidente della Repubblica e il calendario della polizia convivevano con la foto di Maradona, una sciarpa del Napoli e la maglia del Pibe chiusa in una teca.

– Buongiorno, Guarra'. Dice che ci sono novità, le hai sapute?

E tre. Vanina iniziò a pensare che forse finalmente avevano una pista.

– Non ancora.

Macchia si spazientí. – E che stanno aspettando. Guaglio'! – chiamò sporgendosi in avanti sulla scrivania, rivolto verso la porta, come se cosí la voce arrivasse piú forte.

– Ora ora arrivai, Tito. Quando me le dovevano riferire? – spiegò Vanina, mentre i tre «carusi» e il «veterano» si materializzavano nell'ufficio del Grande Capo.

– Entrate, – ingiunse Macchia.

Vanina capí la suonata: voleva partecipare al briefing ma gli seccava alzarsi dalla sua poltrona. Si sedette di fronte a lui.

– Su, accomodatevi, – invitò tutti e cinque i poliziotti a sistemarsi. – Fragapane, si metta qua, – indicò la poltroncina accanto alla Guarrasi. Gli altri si strinsero sul divanetto, mentre Lo Faro rimase in piedi.

– Bonazzoli e Ristuccia hanno scoperto cose interessanti, – premise il vicesovrintendente.

– Eh. E perché non ce le raccontano? – insisté Tito.

Vanina si voltò verso le due ragazze.

– Che avete scoperto?

Ristuccia diede la precedenza a Marta, che attaccò.

– Allora, ho iniziato a lavorare sui telefoni di Villari e dei Lavinaio. Partiamo dal comandante e da Pietro: tra loro c'è un fitto scambio di messaggi. Da parte di Villari sono tutti messaggi cordiali, affettuosi ma senza dubbio amichevoli. Quelli di Pietro vanno oltre. Mi spiego: non c'è niente di apertamente dichiarato, ma la sensazione che dànno non è quella dei messaggi di un amico a un amico, bensí…

– Di un innamorato non corrisposto, – la anticipò Vanina.

– Esatto. Attenzione: niente di paragonabile ai messaggi della Palazzotto, che poverina delirava proprio. Quelli di Pietro hanno due toni diversi. Fino a pochi giorni prima parla quasi solo della barca, una volta gli augura tanta felicità con la moglie. Da mercoledí in poi c'è un cambiamento. I messaggi diventano cupi, manifestano, sebbene non in modo esplicito, il terrore di non vederlo piú una volta che si fosse sposato. Addirittura in uno di questi Pietro scrive che non sarebbe mai piú salito sull'*Almond* se non ci fosse stato Giacomo.

Vanina annotò mentalmente quei dettagli.

– Che altro c'è nel telefono di Pietro? Messaggiava con qualcun altro? – chiese.

– C'è uno scambio piuttosto fitto anche con una ragazza, una certa Fabiana Bellavia, sua collega di università. I messaggi sono molto confidenziali. E anche a lei, intorno a mercoledí, inizia a fare discorsi strani, tanto che la ragazza si preoccupa. L'ultimo messaggio l'ha mandato a lei.

Doveva essere la ragazza che Patanè aveva spiato alla facoltà di Chimica.

– E che c'è scritto?

Marta lesse.

– La felicità non è di questo mondo.

– Un filosofo, – commentò Macchia.

Ma in quella frase Vanina leggeva qualcosa di piú.

– Lavinaio padre invece? – chiese.

– Eh, su questo ha piú roba da dirti Ristuccia.

Vanina si voltò. – Agata, dimmi.

– Ho fatto come mi chiedeva lei, dottoressa, sono andata a sentire gli impiegati piú giovani della Lavinalmond, in particolare quelli dell'amministrazione. Ho beccato una ragazza, curtigghiara assai, che mi ha raccontato un bel po' di cose sui Lavinaio. Quando ci era andato Spanò lei era assente.

– Che ti contò?

– A quanto pare Edoardo aveva da tempo una relazione con la sua ragioniera, Parrinello Valentina. Di anni ventotto, – tenne a precisare Ristuccia.

– Hai capito il Lavinaio, – intervenne Tito.

Ristuccia proseguí: – L'impiegata mi disse che non la tenevano piú nemmeno tanto nascosta. A volte, se la signora Elisabetta non c'era, li vedevano andarsene persino insieme.

– E la signora non ne sapeva niente?

– Pare che se ne fosse accorta, e che trattasse male la Parrinello. Una volta la ragazza ascoltò senza volerlo una discussione tra Lavinaio e sua moglie: le sembrò che lui avesse intenzione di lasciarla.

Vanina meditò su quella notizia.

– Guarra', non è che si tratta di un delitto passionale? La moglie che avvelena il marito perché voleva lasciarla, – ipotizzò Macchia.

– E per farlo ammazza anche suo figlio? – obiettò Vanina.

– No, non può essere, hai ragione.

– Non può essere anche per un altro motivo, – aggiunse Ristuccia. – Sempre stando al racconto di questa ragazza, la moglie di Lavinaio aveva una storia col comandante Villari.

Vanina e Tito si guardarono meravigliati.

– Questa non me l'aspettavo, – ammise Vanina. – E la storia proseguiva anche adesso che lui doveva sposarsi?

– L'impiegata non lo sapeva. Anche perché lei Villari lo conosceva solo di sfuggita.

Vanina ci rifletté sopra.

– E di tutti 'sti tradimenti non c'è traccia nei messaggi?

– No, – rispose Marta, – ma considera che non abbiamo ancora ricevuto quelli che erano stati cancellati. La Postale spera di farceli avere al piú presto, però non è semplicissimo. Stanno sbloccando anche il computer portatile di Villari. Chi lo sa se c'è qualcosa di utile.

Il Grande Capo meditava accarezzandosi la barba.

– Non credo che quella dei tradimenti sia una pista valida. Come diceva Vanina, una non ammazza il figlio per ammazzare il marito.

– E non ammazza nemmeno l'amante, – aggiunse Marta.

– Appunto. Perciò siamo comunque con un pugno di mosche in mano, e il caso mediatico invece sta montando. Specie in quelle fesserie di social.

Fissato era con quella storia dei social.

Vanina per il momento non voleva giocarsi la pista di Pietro Lavinaio. Prima doveva compiere delle verifiche. Innanzitutto parlare a quattr'occhi con la signora Elisabetta Lavinaio. Senza dimenticare che c'era sempre l'altra ipotesi.

Appena uscirono dalla stanza di Macchia, Ristuccia s'avvicinò.

– Dottoressa, quando vuole lei Sanna può scendere.

L'ispettore Sanna bussò alla porta aperta della Guarrasi.

– Dottoressa?

– Prego, Sanna, entri.

Bonazzoli e Ristuccia erano lí con lei. Sul tavolo c'erano tre telefoni.

– Agata mi disse che aveva bisogno di parlarmi.

Vanina gli fece segno di accomodarsi. Dalla risolutezza con cui la Ristuccia uscí dall'ufficio si capiva che le cose tra loro dovevano essersi sfasciate proprio.

– Sanna, lei ha sentito del caso di cui ci stiamo occupando, no?

– Certo. Sette persone avvelenate col cianuro. Un film pare, – sorrise a mezza bocca.

– Eh, ma purtroppo non lo è.

Sanna abbandonò l'ironia.

– Che posso fare per aiutarla, dottoressa?

– Nelle indagini che ha svolto in questi anni alla sezione Criminalità organizzata, s'è mai imbattuto nel nome di Edoardo Lavinaio?

– Imbattuto in che senso?

– Ha trovato questo nome tra quelli di gente collusa, o magari che ha legami diretti con la famiglia Zinna?

– No, legami diretti no, e manco collusione. Diciamo che era uno che preferiva pagare per non avere camurríe. E finora sembra che ci fosse riuscito.

– Pagare cosa? Pizzo?

– Pizzo, e all'occorrenza manodopera segnalata da loro.

– Anche in azienda?

– Non lo so. Ma ripeto: lo faceva per non avere camurríe, come tanti ancora. E lo faceva regolarmente, quindi non credo che possa essere questo il motivo della strage.

Perciò, come diceva Patanè, s'era appattato con la mafia pur di non doverla affrontare.

– Per caso, Sanna, non è che state seguendo i tracciamenti di quello, o quella, che gestisce le estorsioni per il clan Zinna?

Sanna fece un altro mezzo sorriso.

– Nessuno si trovava a Riposto giovedí mattina.

Prima di pranzo, Vanina fece una telefonata. Le era venuto un pensiero e voleva capire se fosse plausibile.

– Vanessa, buongiorno.

– Buongiorno, dottoressa.

– Come sta oggi?

– Meglio. Stiamo meglio tutti e due –. Lei e il picciriddo, ovviamente.

– Mi scusi, ieri ho dimenticato di farle una domanda: dopo il matrimonio, Giacomo avrebbe continuato a lavorare per Lavinaio o si sarebbe trasferito con lei a Salina?

– Avrebbe continuato solo finché non avesse trovato un valido sostituto da proporre al cavaliere. Dopodiché sarebbe venuto a vivere qui. Aveva un progetto ambizioso: voleva creare un servizio di piccole imbarcazioni di lusso con cui portare in giro per le Eolie i turisti facoltosi. Questo gli avrebbe permesso di continuare a fare il lavoro che gli piaceva, ma in proprio. E soprattutto potendo tornare a casa la sera.

– Un'ultima domanda: Pietro Lavinaio era a conoscenza del fatto che prima o dopo Giacomo avrebbe lasciato il comando dell'*Almond*?

– Sí, da qualche giorno, credo. Giacomo aveva deciso che non poteva prenderlo in giro, facendogli credere che sarebbe rimasto al suo posto. Voleva dirglielo prima che lo venisse a sapere da altri.

– E Pietro come la prese?

– Non lo so.

– Perché? Giacomo non glielo raccontò?

La donna rimase in silenzio per un attimo.

– Non ne ebbe il tempo.

Per pranzo, invece di spostarsi in corso Italia alla mensa della polizia, se ne andarono tutti *Da Nino*. Occuparono un tavolo da sette, perché ovviamente Macchia si aggregò. Marta continuava a non contarla giusta a Vanina, e lei oramai s'era persuasa che qualcosa non andasse bene. Anche in quell'occasione la bella poliziotta quasi non toccò cibo. Mangiucchiò due fagiolini e due patate, assaggiò un cucchiaio della caponata di Tito e consumò una sola fetta di pane. Pure l'espressione di Macchia non sembrava serenissima.

– Come ti vuoi muovere? – chiese il Grande Capo.

– Innanzitutto vado a parlare con la signora Lavinaio. Dopodiché speriamo che arrivino novità dalla Scientifica. Attendiamo il responso del Dna da Palermo, sempre che una traccia possa dirci qualche cosa. Altrimenti davvero ci resta solo il metodo Patanè.

Tito sorrise.

– Che cos'è il metodo Patanè?

Il commissario Patanè girava casa casa da mezz'ora senza sapere cosa fare. Sua cognata, la sorella di Angelina, aveva fatto trovare l'appartamento pulito che pareva uno specchio, il frigorifero pieno e persino qualche cosa di cucinato. Aveva aperto le finestre ogni giorno in modo tale che la casa non puzzasse di chiuso al loro rientro, e aveva acceso il condizionatore che Francesco aveva fatto installare perché fosse fresca, altrimenti con quelle temperature si rischiava il colpo di calore dentro casa. In piú, s'era permessa di procurare alla sorella convalescente una colf che provvedesse ai lavori casalinghi. Il professore era stato chiaro: i lavori pesanti li avrebbe dovuti evitare per un po', anzi se possibile anche per sempre.

E so' soru l'aveva pigliato alla lettera.

– Gino, non ti pozzu virriri acussí. Tarantolato pari, – se ne uscí Angelina, mentre Patanè andava per la terza volta dalla cucina alla camera da letto passando per il corridoio.

– Pirchí non esci? Tanto io ccà sugnu, non mi muovo. Con mia sorella.

– Ma no, non ti preoccupare, – si schermí il commissario. Tornò in camera da letto per poi passare in soggiorno e in cucina.

– Senti, Gino, avi du iorna che friggi perché non potevi partecipare alle indagini. Ora si ccà, tornammo a casa, iu nun sugnu manco sola… che aspetti, la banda musicale pi nesciri?

Il commissario iniziò a cedere.

Tutto sommato Angelina aveva ragione. Idda era tranquilla, so' soru era là e non se ne sarebbe andata, possibilità di virriri suo figlio Francesco e il nipotino Andrea non ce n'erano perché uno era a letto con la febbre e l'altro, l'untore che s'era pigliato il virus intestinale al campo scuola, ancora bene bene non stava. E Calderaro era stato chiaro anche su questo: fino a quando non guariscono, guai se si avvicinano alla signora Angelina. Con tanto dispiacere, pure Francesco aveva concordato che fosse piú prudente cosí.

Patanè si rivolse alla cognata. – Vabbe', allora se tu resti qua, io una passiatedda me la vado a fare. Ripiglio contatto con la città –. E con la Mobile.

– Certo, Gino. Vai, che assieme a Angilina ci sono io –. La sorella la guardò con occhi amorevoli. – Persa mi sono sentita, senza di lei.

Confortato da tanto amore, il commissario si cambiò e uscí.

Arrivò alla Mobile alle tre e mezzo. Si qualificò e si fece aprire. Se ne andò dritto dritto verso l'ascensore, s'infilò dentro e premette il tasto due. Non fece caso ai due scossoni in partenza, che quelli il catorcio li aveva sempre fatti, anche ai tempi in cui era nuovo. Il terzo non era tanto normale, ma dopo trent'anni di disonorevole servizio, uno che si poteva aspettare? Il quarto sussulto lo preoccupò. Non sarebbe stata la prima volta che rimaneva chiuso in quel tabbuto semovente. Per fortuna il tabbuto arrivò al secondo piano. Patanè schizzò fuori, prima che quel coso cangiava idea e si rimetteva a camminare, magari su e giú per la tromba. Entrò nell'ufficio della Guarrasi con il doppio del fiatone che gli sarebbe venuto dopo due piani di scale.

– Commissario! Ma che salí a piedi?

Patanè fece segno di no col dito, mentre appendeva all'attaccapanni il Panama Borsalino.

– Ma quannu mai, dottoressa, l'ascensore pigliai.

– E allora che fu, perché s'affannò?

– 'U scanto di rimanerci intrappolato come un surci in gabbia fu.

Marta lo raggiunse subito. Lo abbracciò e baciò.

– Commissario! Ci è mancato.

Ringalluzzito come solo un vecchio fimminaro come lui poteva essere di fronte a quella ragazza strepitosa, il commissario rispose con un sorriso dei piú smaglianti.

Vanina guardò la scena divertita.

– Si ripigli il cappello, che stiamo uscendo.

Patanè eseguí fulmineo.

– Ah, e dove andiamo?

– A trovare la signora Lavinaio.

Il commissario faticò a contenere la gioia. Era di nuovo operativo. Si sistemò il nodo della cravatta, blu a fiorellini bianchi e beige, e la giacca di lino color tabacco.

– Pronti.

Dovettero oltrepassare piú blocchi prima di guadagnare l'uscita. L'assalto affettuoso di Fragapane, l'altro elemento della vecchia squadra di Patanè ancora in servizio oltre a Spanò; il sovrastante benvenuto di Macchia, che stavolta evitò l'umorismo e si limitò a comunicare al commissario quanto la sezione della Guarrasi avesse patito la sua assenza.

Marta aveva già tirato fuori la Giulia dal parcheggio della caserma di fronte in cui tenevano le auto di servizio. Salirono in macchina, Vanina davanti accanto a Marta e Patanè dietro, diretti alla villa dei Lavinaio.

– Emozionato sono, – sospirò il commissario.

Vanina gli riferí il contenuto dei messaggi, quantomeno di quelli visibili, e i curtigghi che le aveva raccontato la Ristuccia.

– Perciò Lavinaio si stava per separare, – concluse Patanè.

– Cosí sembrerebbe.

– E giusto giusto muore.

Il commissario si grattò il mento.
– Curioso, vero? – disse Vanina.
– Sí, curioso, ma improbabile come movente.
– In questo caso sicuramente. Chi ha ammazzato Lavinaio ha ammazzato pure suo figlio. Il che esclude la moglie.
– Putissi essiri ’n’autra amante.
– Un’ulteriore donna, oltre alla moglie e alla ragioniera? – fece Marta, dubbiosa.
Patanè scosse la testa.
– Non quadra. Ha ragione, ispettrice.
– L’ispettore Sanna, della sezione Criminalità organizzata, sta facendo una ricerca per vedere se tra i numeri di telefono che risultano dai tabulati di Lavinaio ce n’è qualcuno sospetto, riferibile magari alla lontana alla famiglia Zinna. Ma in tutta sincerità, commissario, non credo sia un’idea plausibile.
– Sono d’accordo. Macari se qualche filo che lo lega alla criminalità c’è, sicunnu mia al massimo gli paga il pizzo, ascutasse a mmia. E poi, lei ca di mafia ne capisce assai: le pare possibile un omicidio di mafia accussí, col cianuro nel latte di mandorla?
– No, come modalità non mi pare possibile. Però c’è sempre l’eventualità che sia stata usata apposta per sviare i sospetti.
– E macari chistu è vero.
– Resta la pista di Pietro, – disse Vanina. Tanto, prima o poi doveva pur venire allo scoperto con Marta. Davanti a Tito s’era frenata, ma solo perché la squadra era al completo e lei non voleva incentivar-

la a seguire piste che potevano rivelarsi false. Altrimenti avrebbe approfittato volentieri dell'opinione di Macchia. Del resto non sarebbe stata la prima volta che lo metteva a parte di sue elucubrazioni spesso prive di fondamento. Lui s'allarmava, temendo che potesse partire per la tangente con indagini troppo streuse, ma in genere capiva.

– L'omicidio suicidio, – confermò Patanè.

Marta rimase di stucco.

– Omicidio suicidio?

– Marta, è una mia idea, per giunta campata un poco in aria. Pigliala col beneficio d'inventario, – premise la Guarrasi.

– Ok. Ascolto.

– Allora: Pietro Lavinaio è innamorato di Giacomo Villari da quando era ragazzino. Quella che tutti considerano una specie di idolatria per l'uomo esperto da parte di un ragazzo che ama il mare in realtà è vero e proprio amore. Ma Giacomo quel tipo d'amore non potrà mai ricambiarlo. Può essergli amico, niente di piú. E Pietro se lo fa bastare. Coltiva il suo sentimento in segreto, e approfitta di ogni momento per godersi almeno l'amicizia. Per andare via di casa senza allontanarsi troppo, cosí da raggiungere l'*Almond* quando vuole, si iscrive perfino all'università a Palermo. Finché Villari continua a fare la vita di sempre – una femmina va e una femmina arriva, senza impegno – l'equilibrio del rapporto resta stabile. A un certo punto però Giacomo si innamora. Decide di sposarsi, mette in cantiere un figlio, e cambia vita. Appena possibile abbandonerà l'*Almond* e si stabilirà a Salina con la moglie. Quando lo comunica a Pietro, l'equilibrio si rompe.

Marta si prese un attimo prima di parlare. – Quindi, secondo te, Pietro Lavinaio potrebbe aver pianificato di avvelenare sé stesso, Giacomo e gli altri per non dover subire la lontananza da lui?

– Per portarlo via con sé.

– Uccidendo anche suo padre?

– Un padre con cui non ha un rapporto idilliaco, e che non lo accetterebbe mai. Pietro si sente in dovere addirittura di esibire finte fidanzate, in sua presenza.

Marta non pareva troppo convinta. Patanè continuava a grattarsi il mento.

– Sí, lo so, è un'ipotesi assurda e non ho idea di come mi sia venuta in mente, – ammise Vanina.

– Dovrebbe aver aperto il portabagagli del padre e lavorato sui brick. Poi dovrebbe aver richiuso la macchina, lí alla marina di Riposto, – ipotizzò Marta, senza un briciolo di convinzione.

– Potrebbe averlo fatto.

– E il cianuro, dove se lo sarebbe procurato?

– Era un futuro chimico, il cianuro probabilmente sapeva come ricavarlo.

Patanè allargò le braccia.

– Pare assurda, è vero, però fino a 'stu momento è l'unica ipotesi ca funziona.

Nicolò Lavinaio andò incontro ai poliziotti lungo il vialetto della villa.

– Deve scusarmi, dottoressa, ma mia madre non si trova qui. È a casa di sua cugina, proprio qua accanto.

– Noi avremmo davvero bisogno di parlarle.

– C'è un passaggio interno. Vi accompagno.

Vanina approfittò di quei pochi minuti per sondare i rapporti tra Nicolò e Pietro.

– Cosa mi sa dire di suo fratello, dottor Lavinaio? – gli chiese.

– Era un ragazzo dolcissimo.

– Lei era a conoscenza della sua omosessualità?

Nicolò sussultò.

– Cosa c'entra questo, mi scusi?

– Non le ho fatto una domanda cosí assurda, mi risponda.

Lavinaio si decise.

– Sí. Ma la prego di non parlarne con mia madre. Lei, cosí come la buonanima di mio padre, non ha la mente aperta che possiamo avere noi. Mio fratello è morto, lasciamole intatto il suo ricordo.

– Allora mi risponda lei: sapeva che Pietro era innamorato di Giacomo?

Nicolò cadde dalle nuvole.

– No, questo non lo sapevo. Ma Giacomo, con tutte le donne che aveva, com'è possibile che... – non concluse.

– Infatti era un amore non corrisposto. Giacomo gli era solo amico.

Nicolò s'era fermato, si passava una mano tra i capelli.

– Lei perché sa questi dettagli? Cosa state ipotizzando?

– Niente purtroppo, finora. Stiamo cercando di capire. Vede, Lavinaio, trovare un movente è complicato proprio perché non si sa dove si possa annidare. Qui, con sette persone coinvolte, lo è ancora di piú. Non possiamo tralasciare niente.

L'uomo annuí. Riprese a camminare. Aprí un cancelletto e li fece passare nella proprietà attigua. Una casa che era metà della loro, con un giardino piú piccolo ma curato.

– Abbiamo mantenuto questo passaggio perché zia Daria, la cugina di mia madre, vive sola e preferisce passare dall'interno quando viene da noi. E lo stesso può fare mia madre.

– Sono molto legate?

– Sono figlie uniche entrambe, mio nonno e lo zio erano legati a loro volta. Tant'è che avevano le proprietà in condivisione. Poi mio padre comprò altro terreno, allargammo la villa. Ma prima le case erano piú o meno simili.

– Quindi la casa era di suo nonno materno.

– Sí. Ma fu mio padre a renderla quella che è ora, – tenne a precisare.

Entrarono dalla cugina attraverso una porta aperta.

– Mamma, zia, – chiamò Nicolò. Proseguirono in un dedalo di stanze arredate in modo bizzarro, con drappi di velluto e paralumi elaborati. Candele profumate ovunque.

– Saranno nel laboratorio, – disse Lavinaio.

Fece strada fino a una stanza arredata con un tavolo da lavoro al centro, pieno di scatole di ogni tipo. Attaccato alla parete, un armadietto di legno un po' squinternato.

Dietro il tavolo era seduta una donna minuta, con i capelli biondi ricci, magrissima. Piú giovane di Elisabetta, che se ne stava seduta di fronte a lei e la osservava lavorare.

Si voltarono in simultanea appena li sentirono arrivare.

– Mamma, c'è il vicequestore Guarrasi.

La donna si alzò stancamente. Il viso era segnato dai giorni che doveva aver passato.

– Dottoressa, mi scusi se non mi sono piú fatta vedere, ho difficoltà persino a stare in piedi.

– Ma s'immagini, signora. Purtroppo il mio mestiere mi obbliga a disturbare anche chi non andrebbe disturbato.

– Lei deve trovare l'assassino di mio figlio e di mio marito, – asserí Betti, con una convinzione quasi stridente rispetto allo stato di prostrazione in cui si trovava.

Le presentò la cugina.

– Daria Giansante, – disse la donna, allungando la mano.

– Vicequestore Giovanna Guarrasi. Loro sono i miei collaboratori: il commissario Patanè, l'ispettore Bonazzoli.

L'occhio le cadde sul tavolo, pieno di oggetti metallici, vaschette, scatole.

– Cosa sta facendo, per pura curiosità?

La donna sorrise. – Lavoro.

– Mia cugina è un'orafa, anche molto brava, – spiegò Betti.

La donna mostrò loro un paio di creazioni che aveva sul tavolo.

Elisabetta si risedette. – Mi dica, dottoressa.

– È sicura di voler parlare qui? – chiese Vanina.

– Qualunque cosa debba chiedermi, non ho segreti né con mia cugina né con mio figlio.

– Signora, lei sapeva che Pietro si sarebbe imbarcato sull'*Almond*?

– Certo che lo sapevo.

– L'aveva sentito?

– Non quella mattina.

– Le sembrava tranquillo il giorno prima?

La donna parve non capire la domanda, dovette riflettere prima di rispondere.

– Sí, – disse poi.

– E Giacomo Villari? L'aveva sentito?

– Perché avrei dovuto?

In quel momento la donna sembrava voler salvaguardare l'immagine di facciata della famiglia. Vanina se ne accorse e fece la prova del nove.

– Signora Lavinaio, suo marito aveva un'amante? – Sparò la domanda in modo diretto, per testare la reazione. Nicolò sobbalzò, ma Elisabetta non fece una piega.

– No, – rispose, secca.

Era inutile chiederle altro.

15.

L'ispettore capo Carmelo Spanò approdò alla Mobile verso le sette di sera. Scuro che pareva si fosse preso tutto il sole delle Eolie. Entusiasta della traversata sulla barca dell'avvocata De Rosa.

Abbracciò Patanè, che era sul punto di tornarsene a casa. Vanina lo aggiornò subito sulle novità.

– Mizzica, dottoressa, un omicidio suicidio?

– A meno che Sanna non tiri fuori qualche pista mafiosa, è l'unica opzione che abbiamo.

– Potremmo parlare con la signorina che sentii io all'università. Chidda ca chattava con Pietro, – suggerí Patanè. – Forse è l'unica che può sapere se il caruso era capace di fare un gesto simile.

– Buona idea, commissario, – approvò Spanò. Il numero era nel telefono di Pietro.

Vanina concordò.

– Ci parli lei, Spanò.

Patanè recuperò il cappello e la giacca, che alla fine s'era tolto.

– Io me ne debbo andare da Angelina. Tenetemi aggiornato.

Li salutò, preoccupato di aver fatto tardi. Magari sua cognata voleva andare via.

– Dottoressa, – disse Spanò, – prima che me lo scordo: quella mia cugina che lavorava alla Lavinalmond oggi pomeriggio mi chiamò. Disse che aveva fatto un poco di domande qua e là e aveva scoperto non solo che Lavinaio aveva una storia con quella Valentina, ma che aveva intenzione di divorziare dalla moglie e accattarsi macari tutte le quote della Lavinalmond che le appartenevano.

– Immagino che non le avrebbe pagate poco, – osservò Vanina.

– No, però intendeva chiudere definitivamente. A quanto pare la signora lo ha sempre costretto a fare tutto come voleva lei, e pure in azienda comandava quasi piú lei che lui. Anche se il lavoro vero, chiddu ca aveva portato la Lavinalmond dov'era, era tutto sudore della fronte di Lavinaio. Idda spendeva e basta.

– E lo tradiva con Villari.

– Aspittassi ca non è finita. Si dice, ma non so se è vero, che la ragioniera fosse macari incinta, e che la signora l'aveva saputo.

Vanina s'era accesa una sigaretta. Meditava su quelle informazioni. L'ultima era forse la piú importante.

– Se tra i morti non ci fosse Pietro Lavinaio, Betti sarebbe la sospettata numero uno.

Vanina fece in modo di rientrare a Santo Stefano prima che i negozi chiudessero. Chiamò Cocò e la avvertí che sarebbe passata dalla putía di Sebastiano. Fece il pieno di mozzarelle, prosciutto, caciocavallo e olive nere di quelle grosse che si trovavano solo lí. Piú una *vastedda* di pane casereccio.

Bettina stava per uscire a cena con le vedove, per festeggiare il compleanno di una di loro. Luisa. Il piú uno della comitiva, l'amico suo Gregorio – con cui Vanina e Adriano sostenevano ci fosse del tenero – era appena arrivato a prenderla.

Costanza s'era piazzata sul terrazzino e aspettava la sorella. Il tavolino esterno, quello di ferro con le ceramiche di Caltagirone sul ripiano, era apparecchiato con una cura che pareva opera di Marianna.

Non cenavano insieme lí da un mese, ma fu come se Cocò non fosse mai tornata a Palermo.

– Vedi che nel letto piccolo ci ha dormito Adriano, – la avvertí.

– Lo so. Me l'ha detto Bettina. Ho già cambiato le lenzuola.

Vanina sorrise.

– Tra tutte e due, non so chi sia quella con la vuccazza piú larga. Un gazzettino siete.

Cocò rise.

Dopo cena Vanina si stravaccò sul divano grigio e iniziò a smanettare con il Mac. Costanza le si mise accanto.

– Che stai cercando?

– Uno sceneggiato Rai degli anni Settanta.

– Anni Settanta? Modernissimo! – Ancora se li ricordava, i film che aveva dovuto vedere nel suo periodo di permanenza lí. Uno di cui Costanza non ricordava nemmeno il nome era degli anni Quaranta.

Vanina non raccolse la provocazione. Tanto fece che alla fine lo trovò. *Un uomo curioso*. Uno dei tre sceneggiati che componevano la serie *Tre enigmi* del 1975. Tratto dal racconto di Piero Chiara *L'uovo al cianuro*. Strano che non lo avesse nella sua collezione.

Vanina avviò il video. La storia era ambientata a Luino, come aveva detto il maresciallo. Vanina ritrovò Gabriele Ferzetti, stavolta nei panni di Moriondo, un giocatore di biliardo in rovina di ritorno nel suo paese. Due delitti, a distanza di anni, entrambi eseguiti con un uovo in cui era stato iniettato del cianuro. Un paese quasi inospitale, che custodiva dei segreti. Andò avanti a guardarlo per quasi tre ore, saltando qua e là dove si dilungava. All'una, quando Cocò dormiva già da almeno due ore, comparve la boccetta di cianuro che tutti speravano di trovare. Lei per prima. Il posto in cui il commissario e Moriondo l'avevano trovata le suggerí un'immagine che non riuscí a definire. Non c'entrava nulla con la sua indagine eppure le ricordò che c'era un punto da tenere bene a mente: chi poteva procurarsi facilmente tutto quel cianuro? Era presente nei prodotti per l'agricoltura. E un chimico senza dubbio sarebbe stato in grado di estrarlo dai vegetali che lo contenevano.

Andò a letto distrutta ma senza un briciolo di sonno, e si mise a rileggere una pagina che le aveva mandato Adriano in cui si spiegava cos'era il cianuro e dov'era possibile reperirlo. Quella lettura le diede la mazzata finale. Come Dio volle chiuse gli occhi e s'addormentò.

Li riaprí alle sei, incredibilmente molto prima della sveglia, con una strana agitazione addosso. Vanina la conosceva, quell'agitazione. Le piombava addosso a capo di mattina ogni volta che la soluzione di un'indagine si stava facendo strada, anche in modo confuso, nella sua testa. C'era qualcosa, un dettaglio che non le tornava. Sperando di non svegliare Cocò, infilò due capsule di caffè nella macchinetta e si preparò un caffè doppio. La ragazza non mosse un ciglio.

Seduta sul terrazzino, Vanina consumò la prima delle sue colazioni contemplando la muntagna. Cosa non tornava?

Il commissario in pensione Biagio Patanè aveva dormito come non gli capitava da settimane. Il proprio letto è il proprio letto, non c'è che fare, considerava, sbarbandosi davanti allo specchio del bagno. Alle sei e mezzo era vestito di tutto punto.

– E ora chi fazzu? – si chiese. Uscire non poteva uscire, almeno fino all'arrivo di sua cognata, il che non sarebbe avvenuto prima delle otto e mezzo. Due ore a ciondolare casa casa assai erano. Mise la moka sul fuoco e si fece il caffè. Tanto per passare il tempo, recuperò un foglio e una penna e disegnò uno schemino con tutte le informazioni che la Guarrasi aveva raccolto fino a quel momento. Venne fuori un pasticcio nel quale lui stesso faticava a raccapezzarsi. Certo che se per accusare 'na pirsuna di omicidio servivano indizi gravi e concordanti tra loro, si poteva dire che erano praticamente a zero. Ipotesi vaghe, macari un poco campate in aria. Ecco cos'avevano in mano.

Tanto per passare un altro po' di tempo, rifece lo schemino e lo divise in base alle ipotesi. Quella che funzionava meno di tutte era la pista mafiosa. Quella piú scontata era impossibile. L'unica valutabile era quella, un poco fantasiosa, che aveva immaginato la Guarrasi. Anche se il commissario la conosceva abbastanza da sapere che lei per prima non ci credeva granché. Scrisse e riscrisse, fino a quando un dubbio non gli comparve davanti, chiaro, lampante. Un dubbio che un poco per volta dipanò la matassa.

– Ma com'è che non ci pensammo prima?

Vanina finí di prepararsi. Recuperò tutti gli oggetti con cui aveva condiviso il letto. Computer, telefono, fogli di carta. Il foglio che stava leggendo quando s'era addormentata era buttato di lato. Lo riprese in mano e finí di leggerlo. Tornò indietro piú volte per capire meglio finché una parola non attirò la sua attenzione. Galvanostegia. Lesse il significato di quel termine, la spiegazione del processo che indicava, e una luce iniziò a comparire in fondo ai pensieri. Rilesse ancora. All'improvviso, come se la macchina si fosse messa in moto di colpo, il dettaglio che non la convinceva si manifestò in tutta la sua atroce verità.

In quel momento esatto il telefono squillò. Era Patanè.

– Commissario.

– Dottoressa, ma com'è che siamo stati accussí fissa?

Erano stati fessi, forse sí. O forse semplicemente non avevano guardato da un'angolazione diversa. Come fu e come non fu, ormai le idee ce le avevano ben chiare. Dovevano solo, come si diceva, acquisire le prove.

Mentre scendeva verso Catania, Vanina chiamò Terrasini. Il pm concordò in pieno con la convinzione che lei e Patanè avevano maturato, ognuno per conto proprio, e partendo da presupposti diversi. Un'immagine lei, un gioco di schemi lui. Non sapeva quanto avesse aiutato a schiarirle le idee lo sceneggiato, la cui storia non aveva niente in comune con quella di cui doveva occuparsi lei, se non un piccolo ma basilare elemento: il cianuro. Di lí a poco il pm avrebbe attivato un nuovo tracciamento, per un telefono che fino a quel momento non era stato controllato.

Dopo aver chiuso con Terrasini, Vanina chiamò Marta.

– Quando dissero che t'avrebbero dato i messaggi cancellati, quelli della Postale?

– Non l'hanno detto.

– Allora te lo dico io: ora. Ce li devono dare ora. Anzi, prima di ora.

Marta ansimò. Evidentemente era nel bel mezzo della sua corsa mattutina, che con trenta gradi già a quell'ora doveva essere ardua.

– Come faccio a farmeli dare subito?

Vanina non le rispose, aspettò che ci arrivasse da sola.

Alle otto e mezzo erano tutti operativi, compreso Patanè, che appena la cognata era arrivata era schizzato fuori a una velocità che manco a vent'anni. Per fare prima aveva parcheggiato l'Alfa Romeo, unica auto rimastagli dopo la morte definitiva della Panda 1000, in un posto che piú vietato non poteva essere. Nella stanza della Guarrasi c'era il caos tipico di quando le cose s'erano messe in fila, e ormai era questione di poco. Un caos che aveva il potere di caricare Patanè come non mai.

Vanina aveva convocato le persone informate sui fatti che avrebbero potuto aiutarla a completare il quadro. Prima tra tutti, Valentina Parrinello. Che alla Guarrasi raccontò la sua storia senza omettere nulla.

I messaggi cancellati, per intercessione diretta di Tito, comparvero sulla scrivania di Vanina mezz'ora dopo che la macchina s'era messa in moto. Nunnari li lesse a uno a uno, eliminando quelli che erroneamente fino ad allora avevano ritenuto importanti e concentrandosi sugli altri, che provavano esattamente quello che Vanina e Patanè avevano immaginato. Uno, conservato con uno screenshot nel computer di Villari, era un'accusa precisa e circostanziata. Cosí come l'audio della telefonata che il comandante, pensando chissà a cosa, aveva conservato in una cartella assieme allo screenshot.

L'ultima prova, che riguardava il famoso elemento

chiave, Vanina se la procurò di persona. Quella che per lei fu una conferma, per la persona che gliela procurò fu un'amara scoperta. Un attimo dopo, mandato di cattura in mano, bussò alla porta di casa Lavinaio.

16.

Elisabetta Giansante, vedova Lavinaio, non si mosse dalla poltrona su cui Vanina, Spanò e Bonazzoli la trovarono seduta. Nicolò, che faceva colazione accanto a lei, non capí.

– Ma che sta succedendo, cosa volete da mia madre?

Elisabetta non tentò nemmeno di difendersi. Doveva espiare una colpa che sarebbe stato impossibile perdonarsi, fosse anche campata cent'anni. La rabbia omicida, che aveva mosso le sue mani con una freddezza di cui lei per prima s'era stupita, le si era rivoltata contro, punendola nel piú feroce dei modi.

– Sí, dottoressa Guarrasi. Ho ucciso mio marito e il mio amante avvelenandoli con una dose letale di cianuro, che ho trafugato dal laboratorio di mia cugina Daria. Ho ucciso mio marito perché molto presto mi avrebbe lasciata sola, con un pugno di mosche in mano, mentre lui risorgeva a nuova vita con una donna trent'anni piú giovane di me, e portandosi appresso quello che avevamo costruito insieme. Sí, ho cercato di convincere Giacomo a essere mio complice, allettandolo con la ricchezza che avrei potuto dargli una volta diventata padrona di tutto. E sí: ho ucciso Giacomo quando ho capito che non avrebbe mai torto un capello a Edoardo, e che anzi aveva minacciato di mostrare le prove di quanto sarebbe potuto accadere. Sí, ho ucciso volontariamente altre quattro persone, ree dell'unica colpa di essersi trovate nel posto sbagliato al momento sbagliato –. Prese fiato. – No, dottoressa, non sapevo che mio figlio Pietro avesse deciso di cambiare programma e imbarcarsi a Riposto. L'ho saputo quando ormai era troppo tardi. Ho ucciso mio figlio, dottoressa Guarrasi, e merito di pagare per questo tutta la vita.

Ristuccia e Lo Faro portarono la donna alla Mobile, dove il pm Terrasini la interrogò. Anche a lui confessò tutto.

Ognuno in momenti diversi, Vanina, Patanè e, come fu chiaro, anche Spanò, s'erano resi conto che la prima e la seconda volta in cui le avevano chiesto se sapeva che Pietro si sarebbe imbarcato, la signora Lavinaio aveva dato versioni diverse. La prima, sotto la scaletta di fianco all'*Almond*, aveva detto che no, non sapeva che Pietro si sarebbe imbarcato. L'esatto opposto aveva dichiarato a Vanina il giorno prima, alla presenza di Daria e di Nicolò. Sí, aveva detto, sapeva che Pietro s'era imbarcato.

Il dettaglio che non tornava.

– Dottoressa, ma me la dice una cosa? Come ci arrivò a capire che il veleno la signora l'aveva rubato alla cugina? – chiese Patanè.

– La galvanostegia, commissario. È una tecnica che usano gli orafi per la doratura dei gioielli.

– E pi fari chistu serve il cianuro.

Tra carte da firmare, somme da tirare, magistrati da incontrare, aveva rischiato di saltare perfino il pranzo. Alle due e mezzo, appena in tempo perché Nino riuscisse a servirle ancora un piatto di pasta alla Norma, s'era seduta al suo tavolo. Macchia l'aveva raggiunta quasi subito. Aveva ordinato una pasta alla catanese e s'era piazzato davanti a lei.

– Vani', ti devo dire una cosa.

– Dimmi.

– Non lo so per quanto tempo ancora sarò il tuo primo dirigente.

Vanina incassò il colpo, anche se sapeva che prima o poi sarebbe successo. Ecco perché Marta aveva la funcia.

– Dove ti trasferiscono?

– Non è ufficiale, ma credo che a 'sto giro mi manderanno a casa mia.

– Mobile di Napoli?

Tito annuí.

– Te lo meriti, Macchia.

– Almeno quanto tu meriti di stare al posto che ti spetta, Guarra'.

– Il posto che mi spetta per il momento è quello che ho, e mi va benissimo.

Macchia stavolta decise di non replicare.

Vanina arrivò a Santo Stefano alle cinque del pomeriggio. Cocò, che stavolta era automunita, in piena autonomia era partita per Taormina alle dieci del mattino e s'era appena arricampata, entusiasta del lido nella spiaggia di Spisone in cui l'ineffabile Maria Giulia De Rosa l'aveva spedita, raccomandandola in prima persona a Nicoletta, una dei tre fratelli proprietari del lido, perché le desse un ombrellone in prima fila e un tavolino vicino alla staccionata per il pranzo.

– Il miglior involtino di pescespada della mia vita, – aveva assicurato Cocò.

Vanina le aveva promesso che l'indomani ci sarebbero tornate insieme.

Come al solito Bettina si era «sbagliata» e aveva cucinato una quantità esorbitante di gnocchi di patate. Siccome pareva peccato non condirli tutti, aveva preparato una pentola di sugo di pomodoro fresco che profumava di basilico. Già che c'era, era andata alla putía di Sebi a Viagrande e s'era fatta dare la mozzarella fiordilatte quella buona. Il risultato era una teglia enorme di gnocchi alla sorrentina, che per metà approdò sulla tavola delle sorelle Guarrasi-Calderaro e per l'altra metà su quella sua e di Gregorio, che guarda caso era passato di lí.

Al contrario della sorella, Costanza di cucina se ne intendeva e per rinforzino aveva preparato una parmigiana. S'erano appena sistemate sul terrazzino, quando suonò il citofono.

Vanina andò a rispondere. Guardò l'immagine del videocitofono e rimase senza parole. Premé il pulsante d'apertura del portoncino di ferro, uscí e andò incontro a Paolo.

– Mi ospiti un paio di giorni? – le chiese lui, l'espressione sicura di chi ha ristabilito la quiete dopo la tempesta.

Vanina lo abbracciò. Di straforo vide Bettina appollaiata dietro la persiana, che sbirciava la scena. Le sorrise.

Quando entrarono in casa, Cocò aveva già trasformato la tavola per due in una per tre.

Si sedettero sul terrazzino vista muntagna e attaccarono gli gnocchi e la parmigiana. Avevano quasi finito quando il citofono suonò di nuovo.

– È Adriano, – annunciò Cocò.

Vanina gli aprí la porta, allegra.

La faccia stravolta che si ritrovò davanti le spense il sorriso in un attimo. Adriano si trascinò verso il divano e accennò un saluto a Paolo, che si alzò preoccupato.

– Adri, che è successo?

L'amico si strinse la testa tra le mani.

– Hanno rapito Luca.

Ringraziamenti.

Un caso piú fantasioso di questo, Vanina non l'aveva mai avuto tra le mani. Grazie a tutti gli amici che con le loro competenze l'hanno aiutata a risolverlo. A Cristoforo Pomara, che stavolta si è superato. A Nello Cassisi, sempre un super commissario. A Gianluca e Sabina Scuderi, che hanno gentilmente prestato a Giuli la loro barca. A Valeria Benatti, perché Salina Mon Amour resterà sempre un posto speciale, anche adesso che non c'è piú. A Francesco Colombo, Roberta Pellegrini e tutta la casa editrice Einaudi, la vera casa di Vanina. Grazie per il vostro splendido lavoro. A Maria Paola Romeo, la mia grande agente. Alla mia famiglia, che partecipa sempre.

A Maurizio, che mi tiene la mano e naviga con me.

Certificato PEFC
Questo prodotto è realizzato con materia prima da foreste gestite in maniera sostenibile e da fonti controllate
PEFC/18-31-226
www.pefc.it

Einaudi garantisce la gestione sostenibile delle risorse forestali e usa carta HOLMEN certificata PEFC con fibra vergine proveniente da foreste sostenibili
www.holmen.com/paper

GRAFICA VENETA
GV CARBON NEUTRAL

Questo libro è fabbricato da Grafica Veneta S.p.A.
con un processo di stampa e rilegatura certificato 100% carbon neutral
in accordo con PAS 2060 BSI.

Stampato per conto della Casa editrice Einaudi
presso Grafica Veneta S.p.A. - Stabilimento di Trebaseleghe (Pd)
nel mese di novembre 2025

C.L. 26030

Edizione						Anno			
1	2	3	4	5	6	2025	2026	2027	2028